AF215458

BOOKS on DEMAND

Dieses Buch ist allen Kranken und Behinderten gewidmet, die täglich gegen ihre Erkrankung und die Inakzeptanz der Gesellschaft kämpfen.

Bleibt stark!

Frank Huhnhäuser

Jochen - Bastardkind

Bibliografische Information der Deutschen Nationalbibliothek:
Die Deutsche Nationalbibliothek verzeichnet diese Publikation in der Deutschen Nationalbibliografie; detaillierte bibliografische Daten sind im Internet über http://dnb.dnb.de abrufbar.

1. Auflage 2018

© 2018 Frank Huhnhäuser

Titelbild: Erich Röthlisberger

Model: Markus Gerber

Cover: Frank Huhnhäuser

Layout: Frank Huhnhäuser

Lektorat: Caroline Régnard-Mayer & Ute Blumenthal

Herstellung und Verlag: BoD – Books on Demand, Norderstedt

ISBN: 9783746093055

Es war ein kalter Wintertag des Jahres 1960, als Jochen das Licht der Welt erblickte. Bereits mit dem ersten Atemzug beging der Säugling seinen größten Fehler – er lebte.

»Du warst nie gewollt, geschweige denn geplant. Ein kleiner Fick im Wald, ohne Folgen. So hatte ich mir das vorgestellt. Dann kam Anna plötzlich und ging mit Dir schwanger«, warf ihm sein Vater Lothar sein Leben lang vor.
Auch die Sätze: »Du bist schuld, dass ich heiraten musste, obwohl ich das nie wollte. Aber dann warst Du halt da und das Leben war für mich vorbei«, musste sich der Junge immer wieder anhören.

Während seiner ersten Lebensjahre konnte Jochen natürlich nicht wissen, was sein Vater immer wieder von sich gab. Erst ein paar Jahre später begann der Junge zu begreifen, dass er nicht erwünscht und auf dieser Welt fehl am Platze war. Keine Geborgenheit in einem mütterlichen Schoss war für ihn vorgesehen. So tat sich eine fatale Einbahnstraße des Lebens vor ihm auf. Es blieb ihm nichts anderes übrig, als diesen steinigen Weg zu gehen – oder zu sterben.

Jochen wird Ihnen in diesem Buch seine Lebensgeschichte erzählen.
Es wird die Geschichte eines kleinen, eingeschüchterten und vielfach misshandelten Jungen sein, der durch die Lebensumstände im Alter von 12 Jahren an Morbus Crohn, einer chronischen Darmentzündung, erkrankte. Diese Krankheit und das Unverständnis seiner Familie haben ihn sein ganzes Leben lang begleitet.

Es wird eine Erzählung über eine unglaublich schmerzhafte und perverse Krankheit und es wird die Geschichte eines Stehaufmännchens sein, welches immer wieder einmal dem Tod die Hand reicht.

Es wird ein Buch sein, das Sie zum Nachdenken über den Umgang mit Kindern und Kranken in unserer Gesellschaft bringen soll.

Es soll Sie in Ihren Bann ziehen und nicht mehr loslassen.

Sie werden vielleicht von dem teilweise rüden, ordinären Ton der Protagonisten und den, für damalige Verhältnisse, brutalen Untersuchungsmethoden schockiert sein.

Daher lesen Sie die Erzählung bitte nicht, wenn Sie etwas zart besaitet sind - sie könnte Ihnen zu sehr auf den Magen schlagen.

Und nun wünsche ich Ihnen gute Unterhaltung mit
»Jochen – Bastardkind«

Frank Huhnhäuser

Kapitel 1

Erste Erinnerungen

Geboren wurde ich im Jahr 1960 in einem Dorf in der ehemaligen DDR, der Deutschen Demokratischen Republik.

Aus Erzählungen weiß ich, dass es damals eine harte Zeit war. Deutschland befand sich immer noch im Wiederaufbau nach dem 2. Weltkrieg und in der Politik herrschte Eiszeit. Die Wirtschaft in Westdeutschland begann zu boomen und man holte die ersten Gastarbeiter ins Land. Mein Vater Lothar hatte eine gute Arbeit in West-Berlin, alles schien seinen normalen Gang zu nehmen, doch immer mehr Gerüchte gingen um, dass sich Ostdeutschland vom Westen komplett abspalten wollte. Die Besatzungsmächte UdSSR, USA, England und Frankreich waren sich nicht einig in der Aufteilung des Landes und standen sich feindlich gegenüber. Das Zonengebiet der DDR sowie der Ostteil Berlins waren sowjetisch besetzt. Schließlich wurde am 13. August 1961 eine Mauer gebaut, die die DDR und den Osten Europas lange Jahre vom Westen trennte.

Kurz vor dem Mauerbau plante mein Onkel Egon, der Bruder meines Vaters, die Flucht in den Westen. Er war so dumm, seine ganzen Sachen an Bekannte und Freunde zu verkaufen. Einer seiner besten Freunde verriet ihn und so wurde Egon verhaftet. Da bei Verdacht auf Republikflucht sämtliche Verwandte des Täters meist ebenfalls festgenommen wurden, war es für meine Eltern zu gefährlich, nicht auf die Festnahme zu reagieren. Sie erfuhren frühzeitig von der Verhaftung meines Onkels und handelten sofort. Nur mit dem Nötigsten im Gepäck machten sie sich auf den Weg. Gerade noch rechtzeitig konnten sie mit mir über die Sektorengrenze in den Westteil Berlins flüchten.

Im Notaufnahmelager für Flüchtlinge in Marienfelde wurde uns nach kurzer Zeit eine Wohnung in einem kleinen Dorf in Baden-Württemberg zugeteilt. Nach kurzer Wartezeit war es soweit.

Meine Eltern mussten mit mir und unserem wenigen Gepäck zum Bahnhof laufen, um den Zug in unsere neue Heimat zu nehmen. Dort kam es zu einem kuriosen Zwischenfall.

Auf dem Bahnsteig herrschte großes Gedränge. Hunderte Flüchtlinge warteten auf ihren Zug. Es wurde viel gelacht und geredet, denn alle waren glücklich, dem diktatorischen Regime der DDR entkommen zu sein. Manche kannten sich auch und begrüßten sich überschwänglich. Auch meine Eltern unterhielten sich angeregt mit anderen Reisenden. Als der Zug in den Bahnhof einfuhr, wollte mein Vater den Kinderwagen, in dem ich lag, bereitstellen. Doch der Wagen war verschwunden. Panik machte sich bei meinen Eltern breit und aufgeregt suchten sie nach mir, was angesichts der Menschenmenge fast unmöglich war. Nach kurzer Zeit sah mein Vater tatsächlich eine Frau, die versuchte, den Kinderwagen vom Bahnhofsgelände zu schieben. Er rannte ihr nach und hielt sie fest. Die offensichtlich verwirrte Frau behauptete, ich wäre ihr Kind. Einige Menschen waren auf die Szene aufmerksam geworden und holten einen Polizisten herbei. Dieser klärte die Situation relativ schnell, da ihm die ortsansässige Frau bekannt war und sie schon des Öfteren mit ähnlichen Taten aufgefallen war. Er nahm die Frau mit und schickte meine Eltern mit mir wieder zum Bahnsteig.

So konnten wir den Zug in unser besseres Leben noch rechtzeitig erreichen.

Das Dorf in Baden-Württemberg, in dem die uns zugewiesene Wohnung war, hatte knapp 2000 Einwohner und lag in der Nähe des Neckars. Das war natürlich ideal für meinen Vater, einen leidenschaftlichen Angler.

Damals waren gute Arbeiter in dieser Region heiß begehrt und mein Vater bekam sofort eine Arbeitsstelle in der Nähe. Dort verdiente er zum ersten Mal richtig gutes Geld. Wenn seine Schicht beendet war, dann ging er sofort zum Angeln oder in die Dorfkneipe. Für ihn war es doch eigentlich das ideale Leben. Aber er schien trotzdem nicht damit zufrieden zu sein. Nach drei Jahren entlud sich diese Unzufriedenheit.

Während mein Vater außer Haus war, kümmerte sich meine Mutter um mich und den Haushalt, wie es damals üblich war. Wenn mein Vater endlich spät am Abend nach Hause kam, gab es meistens Ärger. Wüste, laut geschriene Vorwürfe, Schläge und Beschimpfungen waren an der Tagesordnung.

Es war sicher für beide eine schwere Zeit. Für meinen Vater, der eigentlich nie heiraten und noch weniger ein Kind wollte; und für meine Mutter, die sich verständlicherweise langweilte und so die Gesellschaft anderer Menschen suchte. Leider waren es andere Männer, deren Gesellschaft sie bevorzugte, keine Frauen zum Kaffee trinken und tratschen. In einem kleinen Dorf bleibt nichts geheim. Das Getuschel und die Blicke der Nachbarn kamen meinem Vater zwar seltsam vor, aber erst durch die Ehefrau eines der Männer in seinem Bekanntenkreis erfuhr er von der Untreue meiner Mutter.

Damit war die Trennung vorprogrammiert und ergab sich dann in jener Nacht, aus der meine erste Erinnerung stammt.

*

Haben Sie jemals darüber nachgedacht, wie weit Sie sich an Ereignisse in Ihrer Jugend zurück erinnern können? An welchen Geburtstag, welchen Urlaub mit den Eltern oder an welches Erlebnis auf dem Spielplatz können Sie sich am weitesten zurück erinnern?

Wie alt waren Sie damals, als Sie zum ersten Mal die Kerzen auf Ihrer Geburtstagstorte ausgeblasen haben, oder können Sie sich vielleicht an den Tag Ihrer Einschulung erinnern?

Sind es positive oder negative Erlebnisse, die sich nun vor Ihrem geistigen Auge abspielen?

Meine erste Erinnerung habe ich an einen Abend meines vierten Lebensjahres. Dieser Abend hat meinem bisherigen Leben in der trügerischen Geborgenheit einer Familie jäh ein Ende gesetzt.

Ich lag verängstigt in einem alten Gitterbettchen aus Holz, das im elterlichen Schlafzimmer stand. Vor dem Zimmer stritten sich meine Eltern wieder einmal laut und heftig. Ich verstand natürlich die Zusammenhänge des Streits nicht, aber es war sehr laut und ich glaubte, meine Mutter zwischendurch weinen zu hören. Auch die Geräusche von Schlägen mischten sich unter den Lärm.

Nach einiger Zeit, inzwischen war eine fast unheimliche Ruhe eingekehrt, öffnete sich langsam die Zimmertür und meine Mutter Anna betrat das Schlafzimmer. Sie kam zu meinem Bett, beugte sich über mich und drückte mir einen zärtlichen Kuss auf die Stirn.

Dann sagte sie: »Tschüss Jochen.«

Ohne zurück zu blicken ging sie aus dem Zimmer in den hellen Flur hinaus und schloss die Tür hinter sich.

Ich blieb alleine im Dunkeln zurück.

*

Kurz danach wurden meine Eltern geschieden. Damals gab es noch ein viel schärferes Scheidungsgesetz, das meinem Vater eine schnelle Scheidung ermöglichte. Meine Mutter bekannte sich des Ehebruchs schuldig und mein Vater bekam so das alleinige Sorgerecht für mich, um das er auch mit Zähnen und Klauen gekämpft hätte, wäre es denn nötig gewesen. Diese Frau sollte mich nicht bekommen, erzählte mir mein Vater in späteren Jahren.

Hier wurde ich wohl zum ersten Mal für die Zwecke eines anderen benutzt. Weitere Male sollten im Laufe meines Lebens folgen.

Mein Vater hatte nun ein Problem mit mir. Da er arbeiten musste, konnte er sich nicht ständig um mich kümmern. So suchte er nach einer Pflegefamilie, die mich aufnehmen und erziehen sollte. Nach kurzer Zeit war auch diese perfekte Familie gefunden. Bis dahin war ich bei einer Nachbarin untergebracht.

Aus meiner Zeit bei dieser neuen Familie stammen auch meine nächsten frühkindlichen Erinnerungen.

Kapitel 2

Neue Familien

Plötzlich, von einem Tag auf den anderen, hatte ich neue Eltern und sogar eine große Schwester. Ich wurde sofort Teil der Familie und hatte eine gute Zeit. Das Leben in dieser Familie war sehr harmonisch. An den Wochenenden holte mein Vater mich ab und ging mit mir angeln oder auf den Sportplatz zum Fußball schauen. Alles hätte so schön sein können, hätte es diesen einen Vorfall nicht gegeben.

Dieser Grund, warum ich nach einem Jahr wieder gehen musste, der ist mir bis heute im Gedächtnis haften geblieben.

Dazu muss ich erklären, dass ich natürlich, durch mein bisheriges Leben, als sogenanntes Problemkind galt.

Ich war, obwohl nun schon fünf Jahre alt, immer noch Bettnässer. Hinzu kam, dass mein Bett im Schlafzimmer der Pflegeeltern stand. Ich weiß noch, dass meine Pflegemutter mich jede Nacht weckte und zur Sicherheit zur Toilette schickte. Eines Nachts habe ich mich im Halbschlaf vor das Bett meines Pflegevaters gestellt und in dieses hinein uriniert. Ich habe ihn dabei wohl auch getroffen.

Dies war eine der letzten Nächte, die ich bei meiner ersten Pflegefamilie verbringen durfte.

Kurz danach wurde ich von meinem Vater bei einem älteren, kinderlosen Ehepaar untergebracht. Die beiden waren sehr freundlich, aber auch streng. Sie hatten immer ein Auge auf mich und ich konnte mich nicht mehr so frei bewegen, wie das bei meiner vorherigen Pflegefamilie der Fall war.

Nach einiger Zeit hatten sie mich aber dermaßen in ihr Herz geschlossen, dass sie mich sogar adoptieren wollten. Das wurde mir von ihnen so gesagt, hatte allerdings einen anderen Grund, den ich erst viel später erfahren sollte.

*

Es kam die Zeit, in der für mich der Ernst des Lebens begann.

Damals konnte man ohne Taufe nicht eingeschult werden. Als im Osten Deutschlands geborener Junge hatte ich keine Religionszugehörigkeit. Ich erinnere mich, dass ich 1966 in der evangelischen Kirche des Ortes am Taufbecken stand. Der Pfarrer fragte mich: »Wie möchtest Du denn heißen?«

Mir war die Antwort vorgegeben worden und so antwortete ich: »Jochen«.

Ich glaube, nicht vielen ist es vergönnt, ihren Namen bei der Taufe selbst zu nennen. Ich war damals richtig stolz darauf.

Ein bisschen Wasser über mein Haupt und schon war ich Mitglied einer Institution, über die ich in dieser Erzählung immer wieder ein paar Worte verlieren werde.

Im selben Sommer wurde ich eingeschult, woran ich aber fast keine Erinnerung mehr habe. Ich kann mich nur noch an einen bestimmten Klassenkameraden erinnern, mit dem ich viel Zeit in den Wäldern und auf den Äckern rings um das Dorf verbrachte.

*

An einem Wochenende im Winter musste ich meine besten Hosen und eine Jacke anziehen. Meine Pflegeeltern nahmen mich in ein nahegelegenes Gasthaus mit. Dort waren auch mein Vater und einige mir fremde Personen anwesend. Erst viel später wurde mir bewusst, dass es die Hochzeit meines Vaters war. Seine neue Ehefrau hieß Hilde, war sehr groß gewachsen und hatte Augen, so schwarz wie Kohlen. Ihre Haare waren zu einem strengen Dutt gebunden. Ständig beobachtete sie mich mit ihren stechenden Blicken. Ich hatte von Anfang an Angst vor ihr.

Mein Vater holte mich im Laufe des Tages zu ihnen an den Tisch, zeigte auf die Frau und sagte: »Jochen, das ist jetzt Deine Mama. Du wirst ihr von nun an gehorchen. Ich will keine Beschwerden hören.«

Ich kann mich nicht erinnern, die Frau jemals vorher gesehen zu haben, aber sie war ab diesem Zeitpunkt meine Mama, ob ich wollte oder nicht. Sie sah mich nur weiterhin an und sagte kein Wort.

Am selben Tag musste ich bei meiner Pflegefamilie ausziehen und durfte keinerlei Kontakt mehr mit den beiden haben. Mein Vater hatte erfahren, dass meine leibliche Mutter zu dem Ehepaar ein gutes Verhältnis pflegte und das Ehepaar auch animierte, mich zu adoptieren. Das war für meinen Vater natürlich ein unverzeihlicher Vertrauensbruch.

Damit begann ein Ehekrieg, der schon lange beendet schien, aufs Neue.

Mein neues Zuhause war in einer größeren Stadt. Unsere kleine Familie zog in das Haus meiner neuen Großeltern, meinem Opa Gerhard und meiner Oma Liesel. Diese empfingen mich mit offener Verachtung. Kein liebes Wort, keine Umarmung kam von ihnen. Nur böse Blicke taxierten mich, allerdings hatten sie sofort eine Aufgabe für mich. Auf dem Grundstück mit dem neu gebauten Haus gab es einen Hühnerstall und freilaufende Hasen. Vom ersten Tag an durfte ich mich um die Tiere kümmern. Das bedeutete, ich musste den Stall sauber halten und das Futter für die etwa fünfzig Hasen vom Feld holen. Eine billige Arbeitskraft war gefunden. Mein Tagesablauf hatte sich komplett geändert. Nach der Schule musste ich Hausaufgaben machen und mich dann um die Tiere kümmern.

Freizeit blieb mir selten.

Kurze Zeit nach der Hochzeit wurde mein Halbbruder Hannes geboren.

Wieder änderte sich mein Leben und von diesem Zeitpunkt an lernte ich, was Gewalt bedeutet.

Kapitel 3

Gewalt – die Lösung für alles

Mit der Geburt von Hannes kam es so, wie es eigentlich nur in schlechten Klischees und Romanen bedient wird. Meine Stiefmutter hatte nun ein eigenes Kind und ich war genau das, was man sich allgemein unter einem Stiefkind vorstellt.

Ungeliebt und zur Seite gestellt, mit einem Vater, der so gut wie nie zu Hause war, einer Stiefmutter, die sich nur um ihr eigenes Kind kümmerte und Großeltern, die keine Gelegenheit ausließen, das fremde Bastardkind, wie sie mich nannten, zu schikanieren.

Mit dem Wohnortwechsel war natürlich auch ein Schulwechsel verbunden. Ich hatte an unserem früheren Wohnort kein halbes Jahr lang die erste Klasse besucht, wurde nach meinem Umzug aber sofort in die zweite Klasse gesteckt. Der Direktor sagte, dass meine Leistungen bis dahin so gut waren, dass ich ein Jahr überspringen konnte.

Das hätte mich ja freuen können, aber nun saß ich in einer Klasse, in der fast alle Mitschüler ein Jahr älter waren. Mein zweites Handicap war, dass ich ein Fremder, ein *Zugezogener* war. Während die anderen schon eine Gemeinschaft gebildet hatten, kam ich nun dazwischen. Das Resultat war, dass ich vorerst keine Freunde fand und jeden Tag von meinen älteren Mitschülern auf dem Heimweg gejagt und verprügelt wurde. Sie hatten ihren Spaß und ich täglich Angst vor der Schulglocke. Jeden Tag blaue Flecken, Kratzer und zerrissene Kleidung, die mir zu Hause noch weiteren Ärger und Schläge einbrachten. Es nutzte nichts, zu erzählen, was die anderen mir angetan hatten, ich wurde trotzdem von meiner Stiefmutter geschlagen. Abends, wenn mein Vater nach Hause kam, erzählte sie ihm, wie böse ich gewesen war. Dann durfte ich diese Tortur noch einmal über mich ergehen lassen. Dieses Verhalten hatte sich nach kurzer Zeit so eingependelt, dass ich täglich verprügelt wurde, egal ob ich etwas angestellt hatte oder nicht. Es wurde zur Gewohnheit meiner Eltern.

In der Familie war ich nur noch das ungewollte Anhängsel, von meinen Mitschülern wurde ich gejagt und dann sollte ich auch noch am Tod eines Menschen schuld sein, wie mir eine Nachbarin eines Tages vorhielt.

Ich kam gerade mit dem Nachbarsjungen vom Spielen zurück, da empfing mich dessen Mutter mit den Sätzen: »Schaff Dich fort. Wenn Du und Dein Vater nicht wären, dann würde Heinrich noch leben. Ihr seid schuld, dass er nicht mehr lebt.« Vollkommen verwirrt ging ich nach Hause und fragte meine Stiefmutter, was die Nachbarin damit meinte. Als Antwort bekam ich Schläge und den Satz: »Wehe, Du redest jemals darüber. Wenn Du das tust, schlage ich Dich tot.«

»Dann schlage ich Dich tot« – oder – »Dann bringe ich Dich um«. Immer wieder musste ich mir von ihr solche Drohungen anhören. Natürlich war ich dadurch dermaßen eingeschüchtert, dass ich niemandem etwas davon erzählte.

Was damals wirklich vorgefallen war sollte ich erst viele Jahre später erfahren.

Die Schule war hart. Unser Klassenlehrer kam jeden Morgen in den Unterrichtsraum, packte seine Geige aus und fiedelte uns eine halbe Stunde lang etwas vor, das er Musik nannte. Diese Meinung hatte er für sich alleine. Danach wurden die Hausaufgaben kontrolliert. Für gefundene Fehler gab es von diesem Lehrer regelmäßig Prügel mit dem Rohrstock auf die Handflächen. Schon damals fiel mir auf, dass bestimmte Mitschüler verschont wurden. Diese waren nicht besonders schlau oder konnten die Schönschrift überragend gut, nein, sie waren die Söhne von Geschäftsleuten oder Vereinsvorständen im Ort. Diese Bevorzugung konnte ich mit der Zeit auch in anderen Lebenssituationen erkennen.

Der Direktor der Schule war ebenfalls für seine Brutalität bekannt. Da gab es auch mal Backpfeifen im Vorbeilaufen, ohne irgendeinen erkennbaren Grund. Zu diesen Schlägen pfiff er immer dieselbe Melodie. Ich wollte diese Zeit eigentlich nur irgendwie hinter mich bringen, aber auch mir fremde Leute waren mir nicht wohl gesonnen.

Eines Nachmittags standen zwei Polizisten vor der Haustür. Eine Frau hatte gemeldet, dass ich versucht hätte, einen Schulkameraden vor einen durch die Hauptstraße fahrenden Lastkraftwagen zu stoßen. Da selbst der angeblich Betroffene sich nicht an einen solchen Vorfall erinnern konnte, wurde die Sache von den Beamten als erledigt angesehen. Schläge und Hausarrest bekam ich trotzdem von meinen Eltern. Heute noch frage ich mich, was das Motiv für diese Beschuldigung war. Waren wir wirklich dermaßen unbeliebt in dieser Stadt?

Meine Stiefmutter setzte mir daraufhin ein Zeitlimit für den Heimweg. Ich hatte von da ab 12 Minuten Zeit vom Läuten der Schulglocke bis zur Haustür. Zwölf Minuten für einen zwei Kilometer langen Weg, den schweren Schulranzen geschultert und von Mitschülern gejagt. Wenn der Unterricht später endete und ich nicht pünktlich nach Hause kam, setzte es Schläge. An diesen Tagen bekam ich kein Mittagessen. Frühstück hatte ich mir damals auch schon selbst zu machen, denn meine Stiefmutter musste sich ja um ihr eigenes Kind kümmern. Also hungerte ich so manchen Tag bis zum Abend. Oftmals wurde ich aber von meinem Vater auch noch bestraft. Neben den üblichen Schlägen ins Gesicht musste ich ohne Abendbrot ins Bett.

So ging das drei Jahre lang.

Jedes Jahr zu Fasching durften wir Kinder uns verkleiden und miteinander spielen. Da wurden meine Nachbarskinder zu Cowboys, Indianern, Piraten und anderen Fantasiefiguren. Auch ich hatte mir in diesem einen Jahr erlaubt, nach einem Faschingskostüm zu fragen. Erstaunlicherweise sagte meine Stiefmutter, dass sie eine Überraschung für mich hätte. Am Rosenmontag kleidete sie mich dann mit meinem Kostüm ein. Ich musste eine dünne, lange Strumpfhose anziehen und darüber ein kurzes Tüllröckchen tragen. Als Oberteil diente ein T-Shirt, eine alte, stinkende Perücke, die noch von der mittlerweile gestorbenen Oma stammte, zierte mein Haupt. Ich wurde geschminkt und dann wollte mich meine Stiefmutter zum Spielen auf die Straße schicken. Ich war neun oder zehn Jahre alt, draußen herrschten Minusgrade und ich schämte mich in Grund und Boden. Als ich mich weigerte, das Haus zu verlassen, bekam ich umgehend ein paar schallende Ohrfeigen verpasst. Ich weinte und stellte mich stur, was meine Stiefmutter erst richtig in Rage brachte. Sie schrie mich an, dass ich jetzt verschwinden solle und stieß mich in den Hof. Dann schloss sie die Tür und ließ mich die nächsten drei Stunden in der eisigen Kälte verharren. Diese drei Stunden versteckte ich mich im Hof hinter einer Mülltonne, damit mich niemand in diesem Aufzug sehen konnte. Als mich meine Stiefmutter wieder ins Haus ließ, schrie sie mich an: »Du elender Feigling. Dir werde ich nie mehr einen Gefallen tun.«

Ich glaube, damit ist ausreichend erklärt, warum ich auch heute noch kein Fan der 5. Jahreszeit bin.

Kapitel 4

Freud und Leid

Eines Tages wurde mir von meinem Vater gesagt, dass meine leibliche Mutter mich abholen würde. Ich dürfte für ein paar Tage bei ihr bleiben. Das freute mich riesig und bald darauf war es soweit.

Meine Stiefmutter hatte mir ein paar Sachen in eine Tasche gepackt und als es an der Tür klingelte stand meine Mama da. Sie lächelte mich an und nahm mich fest in ihre Arme. Dann gingen wir. Ihr neuer Mann Eberhard fuhr mit uns in ihren damaligen Wohnort, etwa 50 Kilometer von unserem entfernt. Zu meiner Überraschung wartete dort ein kleines Schwesterchen auf mich. Das Mädchen war ungefähr so alt wie mein Halbbruder und hieß Paula.

Die Tage vergingen wie im Flug. Es gab keinen Ärger und keine Schläge und ich fühlte mich richtig wohl. Meine Mama und ihr Mann kümmerten sich rührend um mich und ich fragte mich, warum ich nicht bei ihnen leben durfte.

Dann kam der Tag, vor dem ich mich fürchtete. Ich wurde wieder nach Hause gebracht.

Nachdem sich meine Mama mit einer Umarmung und einem Küsschen von mir verabschiedet hatte, ging ich ins Haus. Meine Stiefmutter erwartete mich schon mit grimmigem Blick. Ohne ein Wort schleifte sie mich in den Keller und stieß mich zu Boden. Sie nahm einen dieser Teppichklopfer aus Weidenholz vom Wandhaken und verprügelte mich bis ich nicht mehr weinen konnte. Dabei schrie sie mich an: »Dieser Drecksau gibst Du einen Abschiedskuss und mir nicht? Dich werde ich lehren.«

Danach konnte ich tagelang nicht mehr sitzen und von diesem Zeitpunkt an wurde der Teppichklopfer mein ständiger Peiniger.

Abends musste ich meinem Vater genau berichten, wie die Tage bei meiner Mutter waren. Er wollte alle Details wissen und wenn ich etwas nicht beantworten konnte, dann wies er mich an, das nächste Mal besser aufzupassen.

Die Besuche bei meiner Mama wurden allerdings schnell zur Seltenheit. Trotzdem musste ich immer genau Bericht erstatten. Das letzte Mal war ich bei meiner Mama, als ich 8 Jahre alt war. Danach tauchte sie überhaupt nicht mehr auf. Ich vermisste sie und eines Tages fragte ich meinen Vater nach ihr. Das hätte ich besser sein lassen, denn es brachte mir nur Ärger und weitere Schläge.

*

Nach der vierten Klasse wechselte ich auf die Realschule im selben Ort.

Nur einer meiner Klassenkameraden der Grundschule hatte den Sprung auf die höhere Schule auch geschafft. Das war wie eine Erlösung für mich, denn in meiner neuen Klasse kannte mich niemand, alle kamen von auswärts und mussten nach der Schule sofort zu den wartenden Bussen.

Ich hatte nun einen entspannten Heimweg, keine Angst vor Schlägen – bis ich zu Hause war.

*

Eines schlimmen Tages, ich war elf Jahre alt, ging ich nachmittags zum Spielen aus dem Haus. Hausaufgaben waren keine zu machen, wofür ich die obligatorischen Schläge bekam, da mir meine Stiefmutter nicht glaubte. Die Tiere waren versorgt und meine Stiefmutter erholte sich von dem bösen Stiefkind bei ihrem kleinen Prinzen.

Auf dem Weg zum Sportplatz wurde ich von einem Geschwisterpaar und deren Freundin abgefangen. Alle waren ein bis zwei Jahre älter als ich und wohnten in derselben Straße. Deshalb wurde ich auch erst nicht misstrauisch, als sie mich fragten, ob ich mit ihnen spielen gehe. Ich ging mit und erlebte einen weiteren Alptraum.

Nach einer Weile wurde ich zu einer Bank an einem wenig frequentierten Waldweg geführt. An der einen Seite des Weges befand sich eine eingezäunte Schonung, an der anderen Seite war dichtes Gestrüpp.

Plötzlich waren meine Begleiter nicht mehr so freundlich zu mir. Es begann noch harmlos. Ich musste wie ein Hofnarr verschieden Sachen vorführen, über die sie lachen konnten. Dann wurde es ruppiger und ich musste rauchen. Bis dahin hatte ich noch keine Zigarette angerührt und nun wurde ich gezwungen, auf Lunge zu rauchen. Ich hustete ständig und schließlich übergab ich mich. Hilfe war nicht in Sicht, an Flucht gar nicht zu denken.

Mit der Zeit eskalierte die Sache. Es reichte ihnen nicht mehr, den kleinen, weinenden Jungen zu drangsalieren. Nun musste ich mich auf den Boden knien und *Laub fressen*, wie sie es nannten.

Auch das belustigte die Drei nicht lange und so musste ich mich nackt ausziehen, vor sie hinpinkeln und andere Sachen machen, die ich hier nicht weiter schildern möchte. Nach einigen Stunden verloren sie das Interesse an mir. Sie warnten mich eindringlich davor, irgendjemanden von diesem Nachmittag zu erzählen und ließen mich gehen. Total verweint und eingeschüchtert schlich ich mich ins Haus und legte mich ins Bett. Niemand bemerkte etwas.

Sie werden es kaum glauben, aber einige Zeit nach diesem Tag hatte ich gerade diesen einen Jungen zum Freund! Die ganzen Quälereien waren eine Art Aufnahmeritual und ich hatte die perversen Prüfungen wohl bestanden. Wir wurden die dicksten Freunde und verbrachten jede freie Minute miteinander.

Oft gingen wir zusammen angeln, machten lange Radtouren und er brachte mir bei, mich zu verteidigen.

Zu dieser Zeit wurde ich noch immer, wenn ich alleine auf meine früheren Klassenkameraden traf, von diesen verprügelt. Das sollte sich nun ändern. Wieder einmal hatten sie mich abgefangen und eingekreist. Sie schubsten mich herum und beschimpften mich.

So fing es immer an.

Doch nachdem ich mit meinem Freund Selbstverteidigung trainiert hatte, begann ich mich zu wehren. Ich schnappte mir den Anführer und bevor dieser auch nur reagieren konnte, war der Kampf vorbei und er lag blutend auf dem Boden. Plötzlich wichen alle vor mir zurück. Keiner wagte sich mehr an mich heran. Nun zeigte sich, wer die wirklichen Feiglinge waren. Endlich hatte ich es geschafft und wie es so ist, wurde ich von diesem Tag an akzeptiert. Einige von ihnen wollten jetzt sogar mein Freund sein, worauf ich dankend verzichtete.

Somit hatte ich mir den Ärger und die Schläge außer Haus vom Hals geschafft. Das war schon mal ein großer Schritt für mich.

Natürlich standen die Eltern des Jungen, den ich verprügelt hatte, am selben Abend bei uns vor der Tür, beschwerten sich und forderten, dass ich bestraft werde. Meine Eltern folgten dieser Forderung sehr gerne.

Kapitel 5

„Züchtige Deinen Sohn, so wird er Dir
Freude machen und Dich erquicken.“

Spr. 29, 17 Lutherbibel

Als Hannes älter wurde und bemerkte, dass ich mittlerweile auch für seine Taten bestraft wurde, nutzte er dies gnadenlos aus. Alles, was er angestellt hatte, wurde mit Hilfe meiner Stiefmutter mir angelastet und abends wurden meinem, meistens betrunkenen Vater, meine angeblichen Schandtaten erzählt. Die Tortur wollte einfach kein Ende nehmen.

Einige unserer Zimmertüren hatten in ihrem Holzrahmen geriffelte Milchglasscheiben. Manchmal gingen diese zu Bruch, wenn zu viele Fenster geöffnet waren und dadurch Durchzug im Haus herrschte. Oft bekam meine Stiefmutter dadurch Ärger mit meinem Vater, denn die Reparatur kostete viel Geld. Da meine Stiefmutter plötzlich Gefallen daran gefunden hatte, alles auf mich zu schieben, gab sie mir natürlich die Schuld für den Schaden. Das hieß für mich immer, dass ich einige Monate kein Taschengeld mehr bekam, bis die Scheibe bezahlt war.

Zweimal gingen die Scheiben zu Bruch, weil ich von meiner Stiefmutter im Zorn hindurch gestoßen wurde. Natürlich durfte ich meinem Vater nichts davon erzählen, es hätte mich laut Androhung meiner Mutter mal wieder das Leben gekostet.

Ich musste irgendwelche Ausreden erfinden, wie es zu den Schnittwunden in meinem Gesicht und an meinem Körper kam und immer die Schuld auf mich nehmen. Ich hatte großes Glück, dass es zu keinen schweren Verletzungen kam.

*

Unsere unmittelbaren Nachbarn hatten sehr wohl bemerkt, wie es bei uns zuging. Das bestätigten sie mir auch etliche Jahre später. Warum aber haben sie nie etwas dagegen unternommen? Weil es damals normal war, dass man sein Kind täglich schlug, oder weil es ihnen ganz einfach egal war? Auch heute noch wird meiner Meinung nach zu oft weggeschaut, wenn Kinder misshandelt werden.

Die Leute denken wohl, es ginge sie nichts an oder sie wollen sich einfach keinen Ärger mit ihren Nachbarn oder Bekannten einhandeln. Solch ein Ärger könnte ja ein Leben lang bestehen. Die Wunden der Kinder heilen mit der Zeit – angeblich.

Bei uns war es so, dass mein Vater mehrmals im Jahr die Nachbarschaft zu Gartenpartys einlud, die immer in einem fröhlichen Saufgelage endeten. Es gab leckeren Fisch zu essen und nachts wurden Super-8 Filme, meist pornografischen Inhalts geschaut. Da wollte wohl niemand riskieren, nicht mehr eingeladen zu werden und die paar Schläge würden dem Jungen wohl auch gut tun.

Das taten sie aber nicht.

*

Eines Tages wollten meine Eltern neue Möbel kaufen. Kurz vor der Abfahrt zum Möbelhaus war das eingeplante Geld verschwunden. Natürlich war meinen Eltern sofort klar, wer das Geld gestohlen haben musste – ich!
Es kam, wie es von Hannes eingeplant war. Erst gab es lautes Geschrei und Fragen, wo ich das Geld versteckt hätte. Dann wurde versucht, es aus mir heraus zu prügeln. Das gelang natürlich nicht, da ich das Geld nicht hatte.

Die Tortur dauerte ungefähr eine Stunde, dann wurde es anscheinend selbst meinem Halbbruder zu viel und er gab das Geld heraus. Als Erklärung gab er an, er hätte sich nur einen Scherz erlaubt.

Hannes wurde für seine Ehrlichkeit gelobt.

Eine Entschuldigung an mich gab es nicht, im Gegenteil. Mein Vater sagte, dass ich die Schläge trotzdem verdient hätte, da ich sicher noch andere Sachen angestellt hätte. Sachen, die bisher unentdeckt seien.

Danach hielt mich nichts mehr, ich hatte ja ein großes Guthaben auf dem Prügelkonto, das kontinuierlich abgearbeitet werden wollte. Ich hatte den Ruf, böse zu sein und diesen pflegte ich von nun an.

*

Zurück zur Schule.

Eines Tages fiel unser evangelischer Religionsunterricht aus, da der Pfarrer krank war. Zusammen mit einem Schulkameraden schlich ich mich in den katholischen Religionsunterricht. Wir duckten uns hinter die letzte Bank, um nicht entdeckt zu werden. Es interessierte uns, wie der Unterricht bei den Katholiken ist. Von unseren Mitschülern hatten wir erfahren, dass es dort sehr brutal zur Sache ging.

Zu Beginn der Stunde wurden die Schüler abgefragt. Falsche Antworten wurden von dem Lehrer mit Zornesausbrüchen kommentiert und mit Bücherwerfen bestraft. In jeder Sekunde lag Gewalt in der Luft!

Ich möchte noch erwähnen, dass der katholische Religionslehrer zu diesem Zeitpunkt auch der Direktor der Schule war. Man konnte sich also nirgends über seine Art der Unterrichtsführung beschweren.

Der Lehrer bemerkte uns nach etwa zehn Minuten und gab uns sofort die Nächstenliebe der katholischen Kirche per Handschlag zu spüren.

Diese Schläge hatten die Qualität derer, die ich zu Hause auch bekam, also für mich nichts Neues! Ich musste plötzlich anfangen zu lachen, was den Mann nur noch wütender machte.

Als Strafe für meine unglaubliche Blasphemie musste ich von diesem Zeitpunkt an das katholische Kirchenblatt an die Mitschüler verkaufen. Dieses kostete pro Stück 20 Pfennige. Am Monatsende sollte ich den Betrag, der sich auf etwa zehn Deutsche Mark belief, bei dem Direktor abliefern.

Das tat ich genau ein einziges Mal. Danach behielt ich das Geld für mich, soll heißen, ich habe es ausgegeben.

Was das für Folgen hatte, können Sie sich sicher vorstellen. Die Empörung bei meinen Eltern, die nie in die Kirche gingen und auch nie beteten, war riesengroß. Nun war ich auch noch ein gemeiner Verbrecher, der die Kirche um ihren Reichtum betrogen hatte.

Aber all das hatte auch sein Gutes. Ich musste für die Katholiken keine Pamphlete mehr verkaufen. Die Kirche hatte bei mir versagt und einen Bösen nicht bekehren können – gut so!

Das alles nur, weil wir wissen wollten, wie der Religionsunterricht bei unseren katholischen Klassenkameraden aussieht.

Kapitel 6

Erste gesundheitliche Probleme

Es kam nun eine Phase, ich war etwa 12 Jahre alt, in der es meine Eltern kaum interessierte, was ich unter der Woche in meiner Freizeit tat. Wenn ich meine Arbeiten erledigt hatte, verschwand ich einfach und niemand vermisste mich.

Zu dieser Zeit bekam ich meine ersten gesundheitlichen Probleme. Ausgerechnet ich, der so viel Zeit in der Natur verbrachte, litt nun an Heuschnupfen. Das war äußerst schlecht für mich, ich musste ja täglich auf die Wiesen und mindestens zwei große Kartoffelsäcke voll Grünfutter für die Hasen mit meinen Händen rupfen. Da gab es kein Pardon.

Auch das Angeln gehen mit meinem Vater wurde zum Problem. Mein Vater war sehr cholerisch und wurde sofort böse, wenn ich einen Fehler machte. Beim Angeln muss man ja still sein. Sicher können Sie sich vorstellen, welchen

Lärm es macht, wenn man morgens um fünf Uhr, in einem Blechkahn auf dem Gewässer sitzend, dauernd niesen muss. Also war ich immer schuld, wenn wir nichts gefangen hatten, denn ich hatte ja die Fische vertrieben. Meine Bitte, mich zu Hause zu lassen, wurde aber abgelehnt. Ich musste mitgehen.

Das bedeutete, dass ich unter der Woche Schule hatte und jedes Wochenende sehr früh aus dem Bett und zum Angeln musste.

Im Sommer hieß das, um vier Uhr aus dem Bett, im Winter durfte ich bis um sieben Uhr schlafen und musste dann in die Eiseskälte. Während mein Vater mit seinen Freunden angelte musste ich Holz sammeln und ein Feuer machen, damit sich die Angler zwischendurch wärmen konnten. Wenn das Holz zu nass war und ich es nicht zum Brennen bekam, wurde ich von meinem Vater natürlich als »Nichtsnutz«, der überhaupt nichts kann, herabgeputzt.

So sahen meine Wochenenden das ganze Jahr aus, immer, bei jedem Wetter. Ausschlafen – das kannte ich bis dahin nur aus den Ferien, wenn mein Vater arbeiten musste.

Ich weiß nicht, warum ich nach diesen schlechten Erfahrungen mit diesem Hobby noch heute mit Leib und Seele Angler bin!

In diesem Alter begann ich regelmäßig zu rauchen. Das wurde Kindern zu der Zeit auch viel zu leicht gemacht. Bei mir entwickelte sich der Hang zur Zigarette durch die Nachlässigkeit der Händler. Ich musste als Kind natürlich immer einkaufen gehen. Dabei hatte ich einen kurzen Fußweg zu einem Lebensmittelhändler zu gehen, einem richtigen Tante-Emma-Laden. Dort gab man mir jedes Mal kostenlose Probeschachteln mit filterlosen Zigaretten für meinen Opa mit. Damals war das normal, so wurde für das Rauchen geworben. Die Päckchen enthielten in der Regel drei Zigaretten. Natürlich bekam mein Opa nur jede zweite Packung von mir. Die anderen rauchte ich selbst oder brachte sie meinen Freunden mit.

Zu dieser Zeit änderte sich mein Leben erneut. Erste Bauchkrämpfe stellten sich ein. Die Schmerzen waren zu diesem Zeitpunkt noch erträglich, aber ich bekam zusätzlich regelmäßig Durchfälle, die leicht mit Blut durchsetzt waren.

Die Krankheit Morbus Crohn brach bei mir aus und begann, eine große Rolle in meinem Leben zu spielen.

Die Pubertät setzte ein, wodurch sich auch meine Interessenlage verschob.

Erste Untersuchungen und Experimente mit und an mir begannen.

Brutale Behandlungsmethoden und ein zerrüttetes Elternhaus prägten meine nächsten Jahre.

Kapitel 7

Flucht nach vorne

Ich war schon immer ein schmaler, blasser Junge und stets etwas untergewichtig.

Auch als Kleinkind sei ich immer kränklich gewesen, wie mir später erzählt wurde. Jede Krankheit, die Kinder bekommen konnten, nahm ich mit. Vielleicht wurde mir ein Leben mit Krankheiten schon in die Wiege gelegt, wahrscheinlich hat mein schwacher körperlicher Zustand nur den Ausbruch meiner chronischen Krankheit beschleunigt und gefördert.

Die Autoimmunerkrankung Morbus Crohn fiel 1972 mit voller Wucht über mich her.

Möglicherweise hatte sich die Krankheit über Jahre hinweg durch die seelischen und körperlichen Misshandlungen entwickelt und nun waren meine Abwehrkräfte am Ende und hatten dem nichts mehr entgegen zu setzen. Auch die Tatsache, dass ich mit dem Rauchen begonnen hatte, wird wohl dazu beigetragen haben.

In den ersten zwei Jahren der Krankheit musste ich immer häufiger auf die Toilette, stechende Schmerzen und Bauchkrämpfe wechselten sich mit fürchterlichen Durchfällen ab. Anfangs dachte ich, ich hätte vielleicht etwas Falsches gegessen, aber die Durchfälle wurden immer schlimmer. Blut und Schleim hafteten dem Stuhl an und ich bekam Angst. Bis zu 30 Toilettengänge täglich wurden zur Normalität, mein Hintern war ständig wund und schmerzte.

Natürlich hatte ich mich meiner Stiefmutter anvertraut, diese zeigte aber wenig Interesse an meinem Zustand und schickte mich auch nicht zum Arzt.

Dafür waren nun Hänseleien wegen meiner häufigen Sitzungen auf der Toilette an der Tagesordnung. Auch in der Schule bekam ich große Probleme. Einige meiner Lehrer glaubten mir nicht, dass ich so häufig zur Toilette musste und wollten mich nicht gehen lassen. Ich ging dann trotzdem, da ich ja schlecht vor allen in die Hose machen konnte. Mein Ungehorsam brachte mir einige Verweise und schlechte Noten ein.

Ich habe mich für meinen Zustand geschämt, denn schließlich war es ja nicht normal, dass man so oft aufs Klo rannte. Außerdem roch mein Stuhlgang anscheinend extrem streng, was mir zuhause täglich zum Vorwurf gemacht wurde.

»Der verfault doch von innen«, war einer der häufigsten Sprüche meiner Eltern. Des Öfteren kam noch der Zusatz: »Vielleicht lebt er ja nicht mehr lange«.
Mich beschlich das Gefühl, dass ein schnelles Ende meines Lebens nicht gerade große Trauer hervorgerufen hätte.
Mit der Zeit wurde das alles zum Alltag und ich nahm es, wie es kam.

*

Mein Vater war ein militanter Nichtraucher. Nichts hasste er so sehr, wie den Geruch von Tabak oder kaltem Rauch. Das wurde für mich zu einem großen Problem. Immer wenn ich nach Hause kam, musste ich meine Stiefmutter oder meinen Vater anhauchen, damit sie feststellen konnten, ob ich geraucht hatte. Sowie sie auch nur den leisesten Verdacht hatten, bekam ich unter lautem Geschrei die gewohnten Schläge. Auch an Tagen, an denen ich nicht geraucht hatte, wurde es mir einfach unterstellt, damit wurde ich dann auch an diesen Tagen verprügelt.

Es war ein Samstag im Jahr 1974, an dem ich beschloss, nicht mehr nach Hause zu gehen. Ich war mit Freunden in einer Kneipe. Wir hatten viel Spaß, es wurde geraucht und getrunken. Dann kam der Zeitpunkt, an dem meine Kumpel nach Hause gehen mussten. Ich fürchtete mich vor den erneuten Schlägen und fuhr ziellos mit dem Fahrrad umher. Nach einer Weile wusste ich, wenn ich jetzt den Heimweg antreten würde, dann gäbe es nicht nur wegen des Rauchens, sondern auch weil ich zu spät kommen würde, einen riesigen Ärger. So fuhr ich in der einsetzenden Dunkelheit planlos umher. Verzweifelt überlegte ich, was ich tun sollte. Ich suchte einen Platz, an dem ich übernachten konnte. Am nächsten Morgen wollte ich entscheiden, wie es weitergehen sollte.

In der Stadt gab es eine öffentliche Toilette. Mein Fahrrad versteckte ich hinter einer Hecke und schloss mich in der Toilette ein. Es war sehr unbequem, aber ich schlief nach einer Weile tatsächlich ein. Mitten in der Nacht betrat jemand das Häuschen und rüttelte an der Tür. Eine strenge Stimme rief: »Ist da jemand?«

Ich verhielt mich mucksmäuschenstill. Meine Füße standen mittlerweile auf der Toilettenschüssel, so dass sie unter der Tür durch nicht zu sehen waren.

Der Mann probierte es mehrmals, die Tür zu öffnen. Dann ging er.

In dieser Nacht schlief ich vor lauter Angst nicht mehr ein.

*

Als die frühe Morgendämmerung kam, verließ ich die Toilette, setzte mich auf mein Fahrrad und fuhr wieder ziellos umher. Dann sah ich meinen Vater. Ich versuchte mich noch schnell zu verstecken, aber er hatte mich schon entdeckt. Entschlossen kam er auf mich zu.

»Was machst Du denn?«, fragte er mich in einem überraschend sanften Tonfall. Ich gab ihm keine Antwort.

»Weißt Du denn, was wir alles unternommen haben, als Du nicht nach Hause gekommen bist? Wir haben überall gesucht, Deine Freunde geweckt und sogar die Polizei informiert. Die suchen immer noch nach Dir.«

Jetzt war sein Ton schon etwas rauer.

Ich wusste keine Antwort und dachte nur daran, was mir bevorstand.

»Wir gehen jetzt zusammen zur Polizei und da entschuldigst du Dich.«

Zur Polizei? Bis dahin hatte ich noch nie mit der Polizei zu tun. Plötzlich sah ich meine Chance, dem ganzen Martyrium ein Ende zu setzen.

Als wir auf der Polizeiwache, die nur ein paar Häuser von unserem Wohnhaus in derselben Straße lag, ankamen, sah mich der Beamte hinter dem Tresen streng an.

»Na, da ist ja der Ausreißer«, sagte er. »Wo warst Du denn die ganze Nacht?«

Ich sagte ihm ängstlich, dass ich die Nacht in der öffentlichen Toilette in der Stadtmitte verbracht hatte.

Er sah mich ungläubig an und gab mir zu verstehen, dass er dort gewesen sei, mich aber nicht angetroffen hätte.

»Dann waren Sie das, der ein paarmal an der Tür gerüttelt hat?«, fragte ich ihn, nicht ohne etwas Stolz in der Stimme.

»Du warst da drin? Da hätte ich wohl besser nachsehen müssen.«

Mein Vater stand die ganze Zeit daneben und äußerte sich nicht.

»Warum bist Du denn weg gelaufen?«, fragte mich der Polizist.

»Ich habe geraucht und wenn ich nach Hause gegangen wäre, dann hätte ich wieder Schläge bekommen.«

Der Mann sah meinen Vater fragend an und dieser sagte gleich: »Mein Gott, so schlimm, wie er das darstellt, ist es doch überhaupt nicht. Vielleicht hat es mal ein paar Backpfeifen gegeben, aber ansonsten schlagen wir doch unseren Sohn nicht.«

»Warum lügst Du mich denn an?«, fragte mich der Polizist in strengem Ton.

Dann brach es förmlich aus mir heraus.

»Ich werde jeden Tag geschlagen, egal, ob ich etwas angestellt habe, oder nicht. Mittags bekomme ich von Mama mit dem Bettklopfer Schläge und abends schlägt mich mein Papa auch. Ich will da weg. Bringen Sie mich bitte ins Heim«, sagte ich unter Tränen.

Für einen kurzen Moment war Stille.

»Das stimmt nicht«, rief mein Vater. »Warum lügst Du so? Willst Du, dass die Leute schlecht von uns denken?«

»Doch«, schrie ich nun meinem Vater entgegen. »Es ist doch egal, was ich sage, nie glaubst Du mir etwas. Wenn Hannes etwas anstellt, dann heißt es, das wäre ich gewesen und dann bekomme ich von Dir auch noch Schläge. Ich will nicht mehr.«

»Ich weiß nicht, wie er darauf kommt, aber er hatte schon immer eine blühende Phantasie«, versuchte mein Vater den Polizisten zu überzeugen.

Noch einmal sagte ich: »Ich will ins Heim. Mein Vater droht mir immer damit, jetzt will ich dahin. Bitte bringen Sie mich ins Heim.«

Der Polizist überlegte.

»Hör mal«, sagte er zu mir, »Du sollst nicht lügen. Wenn Du so etwas immer wieder machst, dann brauchst Du Dich ja nicht wundern, wenn Dir keiner mehr glaubt. Wer einmal lügt, dem glaubt man nicht, auch wenn er die Wahrheit spricht.«

In diesem Augenblick wurde mir bewusst, dass ich verloren hatte.

»Du gehst jetzt mit Deinem Vater mit und ich will nichts mehr von Dir hören.«

Damit war die Sache für den Polizisten erledigt.

Mein Vater nahm mich am Arm und führte mich aus der Polizeistation hinaus.

»Lass Dir so etwas nie mehr einfallen. Du hättest mir damit richtig Ärger machen können«, sagte er leise zu mir.

Zu Hause hat er dann alles meiner Stiefmutter erzählt, die daraufhin natürlich sofort mit mir in den Keller gehen wollte.

Doch mein Vater untersagte es ihr. Er hatte zu viel Angst, dass ich erneut zur Polizei laufen würde.

Noch heute mache ich mir Gedanken darüber, wie mein Leben verlaufen wäre, hätte der Polizist auf mich gehört. Ich finde es erschreckend, dass einem Kind in einem solchen Fall nicht geglaubt wird. Er hätte doch wenigstens das Jugendamt unterrichten müssen, aber da kam nichts.

Kurz nach diesem Vorfall sagte mein Vater plötzlich zu mir: »Du bist mir jetzt zu alt, um Dich noch zu schlagen«.
Ja - was denn nun?

Bis zum Alter von 14 Jahren darf man auf seine Kinder einprügeln? Danach sind sie „zu alt" dafür?
Oder krochen da langsam Zweifel an seinem Handeln in ihm hoch? Hatte er vielleicht plötzlich Angst, ich könnte wieder zur Polizei gehen oder sogar zurück schlagen? Hatte ihm der Morgen auf der Wache doch zu denken gegeben?

*

Ich hatte noch eine weitere Gelegenheit, das Elternhaus zu verlassen, aber, um es vorweg zu nehmen, auch diese scheiterte kläglich.

Damals flogen wir zusammen mit zwei anderen Familien nach Mallorca. Unsere Mitreisenden waren zwei Arbeitskollegen meines Vaters mit ihren Frauen und Kindern. Selbst in diesen 14 Tagen, in dieser kurzen Zeit, haben alle bemerkt, was in unserer Familie alles nicht normal lief.

Immer wieder wurde ich von meinen Eltern schlecht behandelt. Hannes wurde dermaßen bevorzugt, dass ich merkte, wie peinlich es den anderen war, was sie hier miterleben mussten.

Kurz vor Ende des Urlaubes nahm mich einer der Männer beiseite. Ich kann mich noch sehr genau daran erinnern, wie er zu mir sagte: »Hör mal zu, Jochen. Wir haben doch schon lange bemerkt, dass bei Euch etwas nicht stimmt. Du wirst oft geschlagen und ich sehe, wie schwer es Dir fällt, auch mal zu lachen.«

Ich war überrascht.

Zum ersten Mal hatte mich jemand auf diese Tatsachen angesprochen. Leise erzählte ich ihm einiges dessen, was vorgefallen war.

»Das ist schlimm«, sagte er zu mir. »Meine Frau und ich möchten Dir ein Angebot machen. Ich werde mit Deinem Vater reden, ob Du zu uns ziehen kannst. Ich weiß, dass er Dich nicht wollte. Bei uns hättest Du es viel besser. Wir verlangen von Dir nur, dass Du Dich an der Hausarbeit beteiligst. Schläge gibt es bei uns nicht. Ich halte Dich für sehr intelligent und würde Dich gerne fördern. Du kannst auf das Gymnasium wechseln. Wir würden Dir auch ein Studium finanzieren. Unsere Söhne haben wir schon gefragt, sie wären damit einverstanden. Die beiden bemerken selbst, wie sehr Du leidest. Ich sehe das einfach als eine Chance für Dich, dieser Hölle zu entkommen.«

Für den Moment wusste ich nicht, was ich antworten sollte. Können Sie sich vorstellen, wie es in diesem Moment in mir aussah? Ich wollte sofort zusagen, doch wie würde mein Vater reagieren?
Ich fragte den Mann, ob er denn keine Angst vor den Konsequenzen hätte, da er doch ein unterstellter Kollege meines Vaters war und diesem an jedem Arbeitstag über den Weg laufen würde.

Er verneinte und versprach mir, mit meinem Vater zu reden. Ich willigte ein und freute mich schon innerlich, aber die Angst, was passieren würde, überwog.

Am Tag vor dem Heimflug nahm mich mein Vater zur Seite. Er erklärte mir mit kurzen und prägnanten Worten, dass ich mir keine Hoffnungen machen bräuchte, in die andere Familie zu kommen. Er redete sich in Rage und drohte, er würde dem Arbeitskollegen von nun an das Leben zur Hölle machen. Ich bezweifelte kein einziges Wort.
Am Ende seiner wütenden Ansprache sagte er: »Bevor ich Dich zu denen ziehen lasse, bringe ich Dich um. Kapiert?«
Ich hatte kapiert und bin heute noch überzeugt, dass er es ernst meinte.
Der Kollege wechselte kurz darauf in eine andere Abteilung, einen Urlaub mit dieser Familie gab es nie wieder.

*

Diese Drohung » … dann bringe ich Dich um«, war ein Spruch meiner Stiefmutter, den sie fast täglich einsetzte.
Egal was geschah, es wurde immer gedroht, … wenn ich etwas verraten würde, … wenn ich die Wahrheit erzählen würde, … wenn ich etwas machen würde, das gegen sie oder den Prinzen war, … dann würde sie mich umbringen.

Plötzlich stand diese Drohung auch von meinem Vater im Raum. Bei meiner Stiefmutter wusste ich zu diesem Zeitpunkt bereits, dass es sich um leere Drohungen handelte; ich lachte nur noch darüber.

Bei meinem Vater verhielt sich das anders. Ich wusste, er würde seine Drohung in die Tat umsetzen.

Eines Tages gab es beim Mittagessen wieder Streit mit meinem Halbbruder. Er beschimpfte mich als „schwule Sau". In meiner ersten Erregung stand ich auf und verpasste ihm eine schallende Ohrfeige, worauf er mit einem Messer nach mir warf. Bevor ich reagieren konnte nahm meine Stiefmutter die auf dem Tisch stehende Bratpfanne mit dem Essen darin und schlug sie mir ins Gesicht. Schmerz und Wut entluden sich innerhalb einer Sekunde in mir. Meine Lippe blutete und das heiße Essen brannte mir in den Augen. Ich hatte die ganzen Prügel, die ich von ihr bezog, so satt. Es reichte!

Schnell machte ich einen Schritt zur Seite, entriss ihr die Pfanne und holte zum Schlag aus, den ich aber nicht ausführte.

Ich machte ihr mit wenigen Worten klar, dass ich mich, sollte sie nochmals die Hand gegen mich erheben, wehre und sie das nicht überleben werde.

So setzte ich ihre eigene Drohung gegen sie selbst ein und ich musste sehr überzeugend gewirkt haben, denn ich sah die Angst in ihren Augen. Es war das letzte Mal, dass sie mich geschlagen hat.

Danach änderte sie allerdings ihre Taktik und heulte meinem Vater die Ohren voll; ich würde sie ständig bedrohen und sie hätte Angst um ihr Leben.

Kurz nach diesem Vorfall war ich wieder mit meinem Vater zum Angeln gefahren. Plötzlich nahm er mich beiseite und sagte zu mir: »Hör mal, Jochen, Hilde hat Angst vor Dir. Sie sagt, Du würdest Sie bedrohen. Stimmt das?«

Wieder einmal war ich sprachlos. Jahrelang wurde ich von ihr geschlagen und bedroht. Jetzt hatte ich mich das erste Mal dagegen gewehrt und schon änderte diese Frau ihre perfide Taktik. Ich erzählte meinem Vater vieles von dem, was die letzten Jahre vorgefallen war. Er sah mich erstaunt an. In diesem Moment hoffte ich, dass er mir glauben würde, allerdings enttäuschte er mich wieder.

»Ich kann Dir das glauben, oder aber auch nicht. Ich war ja nicht dabei und muss Deiner Mama glauben.«

»Warum musst Du ihr glauben?«, fragte ich ihn.

»Ganz einfach, Jochen. Ich muss ihr glauben, weil sie uns ein Dach über dem Kopf gibt. Wenn ich ihr jetzt sagen würde, dass ich ihr nicht glaube, dann würde sie uns auf die Straße setzen. Ich will nicht nochmal von vorne anfangen.«

Mir fiel dazu nichts mehr ein.

Kapitel 8

MORBUS CROHN, der Teufel in mir ...

„Es gibt keine hoffnungslosen Situationen,
es gibt nur Menschen, die Situationen
gegenüber hoffnungslos sind"

Lebensweisheit

Es gibt tausende Möglichkeiten, krank zu werden und es gibt ebenso viele Krankheiten.

Es gibt leichte, schlimme und unheilbare Krankheiten.

Manche führen zu einem schnellen Tod, bei anderen dauert das Leiden etwas länger.

Mit Morbus Crohn stirbt man sein ganzes Leben lang, jeden Tag.

Man wird gesellschaftlich ausgegrenzt, ausgelacht und angefeindet.

Man scheißt sich die Hosen voll, obwohl man fünf Minuten vorher auf der Toilette war.

Die Gedanken kreisen nur noch um ein Thema, die Bauchschmerzen und den darauf folgenden Durchfall.

Ständig muss man sich in der Nähe einer Toilette aufhalten, dauernd analysiert man die Umgebung auf der Suche nach dem nächsten Scheißhaus.

Einladungen zu Partys, Festen oder sonstigen Veranstaltungen kann man nur unter Vorbehalt annehmen, weil man noch nicht einmal zwei Stunden vorher weiß, ob man eine Teilnahme riskieren kann. Man isst einen ganzen Tag vor einem Treffen mit anderen Menschen nichts mehr, damit der Darm an diesem einen Tag hoffentlich Ruhe gibt. Spätestens nach der dritten Absage bekommt man keine Einladungen mehr.

Ständig ist man beim Arzt oder im Krankenhaus.

Ständig hat man Schmerzen, sei es im Bauch, sei es am Hintern, weil einem gerade mal wieder der Kot durch eine Fistel neben dem Schließmuskel heraus läuft, oder sei es in den Gelenken, da Morbus Crohn auch oft rheumatische Beschwerden mit sich bringt.

Der menschliche Aspekt dieser Krankheit ist gravierend.

Morbus Crohn macht einsam.

Viele Bekannte oder sogenannte Freunde wenden sich ab. Besuche bleiben aus. Arbeitskollegen lästern. Die Familie wirft einem vor, man wäre nur zu faul zum Arbeiten. Je länger einem die Krankheit in ihrem Griff hat, umso mehr vereinsamt man. Das Gute daran ist, dass die wahren Freunde übrig bleiben. Es sind wenige, doch auf diese kann man sich verlassen.

*

Dazu möchte ich kurz ein Beispiel erzählen.

Ich hatte einen besten Freund. Wir unternahmen in der Lehrzeit alles zusammen, wir teilten alles und nichts konnte zwischen uns kommen – bis er seine heutige Frau traf. Auch sie stammte, wie mein Freund, aus reichem Hause, mit gut verdienenden Eltern. Eines Tages waren wir verabredet, um uns zusammen mit unseren Freundinnen einen schönen Abend zu machen. Wir gingen ins Kino und flanierten nach der Vorstellung durch die Fußgängerzone. Mein Freund lief mit seinem Mädchen voraus. Nach einer Weile ließ sich seine Freundin langsam zu uns zurückfallen. Als sie auf unserer Höhe war, begann sie zu reden.

»Hört mal, wir wollen Euch etwas sagen. Wir wollen keinen Kontakt mehr mit Euch. Du sagst ja so oft ab, wenn wir uns treffen wollen, nur weil Du plötzlich keine Lust dazu hast. Das machen wir nicht mehr mit.«

Im ersten Moment fand ich keine Worte. So unverblümt hatte mir das noch nie jemand gesagt.

»Ich sage bestimmt nicht ab, weil ich keine Lust habe, sondern weil ich krank bin«, versuchte ich die Wogen zu glätten.

»Das ist eigentlich egal. Es gibt da noch einen Grund, warum wir nicht mehr mit Euch zusammen sein wollen. Ihr habt einfach nicht unsere Klasse.«

Was sollte ich dazu sagen? Sie sah uns tatsächlich als eine Art Untermenschen an, weil wir nicht so viel Geld hatten und uns einfacher kleideten. Dabei vergaß sie vollkommen, dass ihr Geld von ihren Eltern stammte.

Mein Freund lief weiter voraus. Er verhielt sich, als ginge ihn das alles nichts an. Ich habe ihn bis heute weder noch einmal gesehen, noch gesprochen.

Wieder einmal hatte mir die Krankheit gezeigt, wie egoistisch und selbstverblendet Menschen sein können.

*

Doch zurück zur Krankheit selbst.

Mit Morbus Crohn hat man keine Chance auf ein normales Leben. Familienmitglieder und Bekannte, die irgendwann einmal irgendetwas über diese Krankheit gehört oder gelesen haben, wollen einem einreden, dass alles nicht so schlimm sei. Sogar manche Ärzte reden in grenzenloser Selbstüberschätzung, dass sie Morbus Crohn heilen könnten – und versagen.

Man ist einfach immer eingeschränkt. In schubfreien Zeiten überwiegt dann doch die Angst vor dem nächsten Durchfall, der einen fast immer unvorbereitet trifft.

Ich habe zwar fast keine Kontakte mehr zu Menschen aus meiner Jugend und frühen Erwachsenenzeit, doch ich sollte hier auch anmerken, dass in den letzten Jahren ein Umdenken bei meinen Bekannten begonnen hat. Vielleicht liegt es daran, dass ich seit Jahren viel offener mit meiner Krankheit umgehe.

Ich sage nicht mehr nur, dass es mir schlecht geht, sondern nenne das Problem beim Namen. Plötzlich ernte ich Verständnis, wohl auch der Tatsache geschuldet, dass Morbus Crohn mittlerweile in der Gesellschaft ein Begriff ist.

Was ist das für eine Krankheit?

Warum gibt es bis heute keine echte und wirksame Hilfe gegen diese Erkrankung?

Ich werde versuchen, mit meinen eigenen Worten eine auch für Laien gut verständliche Erklärung abzugeben.

Was ist Morbus Crohn?

Morbus Crohn ist eine entzündliche Darmerkrankung, die zu den Autoimmunerkrankungen zählt. Einige Gelehrte stellen dies aber mittlerweile in Abrede. Hier zeigt sich schon, dass die Krankheit immer noch nicht gut genug erforscht ist.

Als Entdecker des Morbus Crohn in den 1930er Jahren gilt der Arzt Burill Bernard Crohn, ein US-Amerikanischer Spezialist. Die Symptome wurden allerdings schon vor ihm von verschiedenen Ärzten beschrieben. Trotz des Protestes von B. Crohn wurde die Bezeichnung „Morbus Crohn" für die Krankheit von britischen Ärzten durchgesetzt. Dr. Crohn selbst hatte die Krankheit „Ileitis Regionalis" genannt.

Bei Autoimmunerkrankungen liegt eine Überreaktion des Immunsystems gegen den eigenen Körper vor. Dadurch entstehen dann oft auch Schäden an den betroffenen Organen.

Da Morbus Crohn chronisch ist, heißt das, die Krankheit ist unheilbar. Sie kann im besten Fall eingedämmt werden. Fälschlicherweise wird oft vermutet, dass sich auch die Bezeichnung „chronisch" von Dr. Crohn ableitet. Das ist nicht der Fall.

Es gibt eine weitere entzündliche Darmerkrankung, die „Colitis Ulcerosa". Der Unterschied zwischen beiden besteht darin, dass die Colitis nur den Dickdarm befällt; Morbus Crohn aber den gesamten Verdauungstrakt und sogar die Speiseröhre sowie den Mund mit der Zunge befallen kann.

Morbus Crohn kann man in jedem Alter bekommen. Vom Säugling bis zum Greis ist jeder gefährdet.

Mir wurde, als ich in jungen Jahren erkrankt bin, gesagt, je älter ich werde, umso geringer und schwächer werden die Schübe. Heute weiß ich, dass diese Aussage kompletter Schwachsinn war und nur zur Beruhigung diente. Mir wurde sogar einmal von einem Arzt gesagt: »Werden Sie schnell alt, dann haben Sie die Krankheit hinter sich.«

Wie entsteht Morbus Crohn?

Das ist ein viel diskutiertes Thema, zu dem ich nur mein eigenes Wissen beitragen möchte und kann. Wenn Ärzte sich bis heute nicht einig sind, wo der Ursprung der Erkrankung liegt, wie könnte ich das dann erklären?
Das möchte ich mir nicht anmaßen.

Die Meinungen zur Entstehung liegen so weit auseinander wie Erde und Sonne. Ich zähle hier nur einmal die am häufigsten genannten Ursachen auf: Stress, Psyche, Rauchen, falsche Ernährung, Viren, Bakterien, Gendefekte usw.

Als der Morbus Crohn 1972 bei mir ausbrach, konnte er vorerst nicht diagnostiziert werden.
Keiner meiner Ärzte wusste, an was ich leide, weil sie die Krankheit nicht kannten. Erst 1974 bekam ich die sichere Diagnose. Bei meinem ersten Klinikaufenthalt war ich der einzige Patient mit dieser Erkrankung auf der Station. Ein Jahr später waren es zwei voll belegte Zimmer und drei Jahre darauf war die ganze Station mit Leidensgenossen belegt.

Durch meine Fragen zu den Ursachen bin ich auf das Wort „Zivilisationskrankheit" gestoßen. In diesem Begriff vereinen sich eigentlich all die Gründe, die ich zuvor aufgezählt habe.

Ein Beispiel dazu. Hinter dem damaligen „Eisernen Vorhang" war Morbus Crohn nicht bekannt. Diese Krankheit gab es im Osten Europas, etwa in der ehemaligen DDR bzw. der UdSSR, nach Aussagen von Ärzten nicht.

Wenige Jahre nach dem Mauerfall wurden die ersten Erkrankungen bekannt. Danach breitete sich Morbus Crohn fast epidemisch im Osten Europas aus.

Dort wurden Perspektivlosigkeit, Zukunftsängste und Arbeitslosigkeit, aber auch die Umstellung auf bis dahin unerreichbare Nahrungsmittel als Ursachen genannt.

Ebenso ist auffällig, dass Morbus Crohn in den Ländern über dem Äquator, also den Industrieländern, viel häufiger vorkommt als in der südlichen Hemisphäre.

Man kann es drehen und wenden wie man will, ich glaube, dass Morbus Crohn bei jedem Erkrankten individuelle Ursachen hat. So, wie wir alle verschieden Charaktere, verschiedene Menschen sind, so erkranken wir auch auf die unterschiedlichsten Arten. All die genannten Ursachen können richtig sein, jeweils für das bestimmte Individuum.

Durch welche Symptome äußert sich Morbus Crohn?

Die häufigsten Warnzeichen und Hinweise für eine Morbus Crohn Erkrankung sind schubweise Durchfälle, die blutigen und schleimigen Stuhl enthalten, Bauchkrämpfe, Müdigkeit, Eisenmangel, Fieber, Gewichtsverlust und Erbrechen.

Der Darm ist dann in seinem Inneren entzündet. Die Darmwände sondern Blut und Eiter ab, können durch die Entzündung verkleben und vernarben und so den Darm verengen. In diesem Fall spricht man von einer Stenose.

Im Laufe der Erkrankung können sogenannte Fisteln entstehen. Dabei handelt es sich um unnatürliche, dünne Durchgänge oder Röhren mit eigener, innerer Haut. Sie bilden sich zwischen Darmschlingen, vom Darm nach außen durch die Haut oder aber auch vom Darm in andere Organe wie Blase, Nieren, Leber oder die Geschlechtsorgane.

Fisteln entstehen, wenn die geschädigten Darmwände nur noch wie eine dünne Haut sind. Dann reißt diese Darmwand und der Stuhl bahnt sich einen Weg durch den Bauchraum oder eben in andere Organe. Bildet sich eine Fistel, dann hat der Erkrankte noch Glück gehabt. Wenn sich keine Fistel bildet, verteilt sich der Stuhl im Bauchraum und es entsteht eine lebensbedrohliche Sepsis.

Versucht man als Patient mit einer Fistel den Stuhlgang durch zusammenpressen des Schließmuskels zu verhindern, wie es jeder gesunde Mensch tut, so nimmt sich der Stuhl den leichteren Weg. Er ist durch die Krankheit fast ständig flüssig und geht somit sehr einfach durch die Fistel ab. Welche Schmerzen man hat, wenn sich Stuhlgang durch das blanke Fleisch frisst, kann ich hier nicht präzise schildern. Selbst starke Opiate helfen in diesen Momenten nicht, die Schmerzen einzudämmen.

Durch Fisteln, die sich vom Darm aus durch den Hintern bohren, oder sich auf anderem Weg durch den Körper fressen, entsteht meistens knapp unter der Haut ein Abszess, eine Ansammlung eitriger Flüssigkeit und Blut.

Dieser muss meist chirurgisch gespalten, das heißt, aufgeschnitten werden, damit der Eiter abfließen kann.

Wie wird Morbus Crohn diagnostiziert?

Hauptsächlich finden die Untersuchungen zur Feststellung der Erkrankung endoskopisch statt.

Magen- und Darmspiegelungen stellen die häufigste Untersuchungsform dar. Auch Röntgenaufnahmen, Stuhluntersuchungen auf Blut, MRT und Ultraschalluntersuchungen, sowie Messungen der Entzündungsparameter im Blut können die Erkrankung darstellen. Zu der Zeit, als ich erkrankte, gab es noch keine elektronischen Endoskope. Damals wurde der Darm mittels starrer Geräte über den Anus untersucht. Diese werde ich später noch beschreiben.

Wie wird Morbus Crohn behandelt?

Die Behandlungsmethoden unterscheiden sich je nach Schwere der Erkrankung.

Die häufigste Behandlungsform ist die medikamentöse. Auch Naturheilverfahren bringen manchen Patienten Linderung.

Cortisonpräparate und Immunsupressiva wie z.B. Azathioprin sind oft erste Wahl. Heute ist die Forschung schon so weit, dass mit Stuhltransplantationen versucht wird, den Darm zu beruhigen. Ebenso können biologische Heilmittel, die eigentlich gegen Rheuma eingesetzt werden, die Entzündung lindern. Natürlich gibt es noch viele weitere Medikamente zur Behandlung des Morbus Crohn, die ich nicht alle aufführen möchte, denn auch hier gilt die individuelle Behandlungsform.

Häufig muss auch operiert werden.

Bei diesen Operationen werden befallene Darmteile entfernt, Fisteln ausgeräumt, oder auch ein Anus Praeter (AP) angelegt, auch als Stoma (künstlicher Darmausgang) bekannt. Zu diesem Mittel greift man, wenn z.B. der End-darm durch Fisteln geschädigt ist und diese austrocknen sollen, oder nicht mehr genügend gesunder Darm existiert. Auch bei Darmkrebs wird oft ein AP angelegt, hauptsäch-lich, wenn der Enddarm befallen ist.

Mit Hilfe des Stomas wird der Stuhl über den Bauch in einen Beutel abgeführt. Die Materialien für die Beutel sind heute meist so gut, dass es keinerlei Geruchsbelästigung für die Umwelt gibt.

Oft wird ein AP auch wieder zurück verlegt, nämlich dann, wenn sich der still gelegte Darmabschnitt erholt hat.

CED-Patienten haben auch eine höhere Gefährdung für Darmkrebs. Deshalb sind regelmäßige Untersuchungen eminent wichtig.

Ich habe hier sicherlich nicht alles erklären können. Es würde den Rahmen des Buches sprengen. Doch ich hoffe, ich habe Sie ausreichend über die medizinischen und menschlichen Grundaspekte des Morbus Crohn informiert.

Kapitel 9

»In zwei Jahren bist Du tot ...«

Aussage meiner Ärzte, 1974.

D a ich schon als Kind mit dieser peinlichen Krankheit gesegnet war, hatte ich ohne elterliche Unterstützung Anfang der siebziger Jahre natürlich keine guten Aussichten.

Als ich 14 Jahre alt war kamen neue Schmerzen hinzu.

In meinem Hintern juckte und stach etwas, als würde mich jemand mit einer Nadel von innen nach außen stechen. Diese Schmerzen kamen erst unregelmäßig, verschlimmerten sich aber relativ schnell und wurden zum Dauergast.

Zeitweise hatte ich wahnsinnige Schmerzen und konnte kaum sitzen.

Durch meine bisherigen Erfahrungen wusste ich, wenn ich meinen Eltern davon erzähle, wird sich nichts ändern. Ich würde mir wohl nur weiteren Spott zuziehen.

Also schwieg ich und versuchte, die Schmerzen zu verbergen.

Das war aber nicht unbedingt nötig, es hätte sowieso niemand bemerkt. Nachdem ich diese eine Nacht verschwunden war, hatten beide sich nicht mehr dafür interessiert, was ich gerade machte.

*

Als ich einen richtig schmerzhaften, großen Pickel am Hintern bekam, entschloss ich mich erstmals, selbst die Initiative zu ergreifen und alleine zum Arzt zu gehen.

Damals bekam das versicherte Familienoberhaupt von der Krankenkasse ein Heft mit sogenannten Krankenscheinen. Wenn man zum Arzt musste, war es Pflicht, einen solchen Schein vorzulegen.

Als meine Eltern aus dem Haus waren, holte ich mir aus dem Wohnzimmerschrank einen Schein aus dem Heft. Da ich die Schrift meines Vaters genau kannte, füllte ich das Papier selbst aus und ging zur Praxis des ortsansässigen Arztes.

Nach langer Wartezeit und kurzem Blick auf mein Hinterteil sagte mir der Doktor, dass er eine proktologische Untersuchung durchführen müsse. Ich wusste zu diesem Zeitpunkt natürlich nicht, was das bedeutete und wurde darüber auch nicht aufgeklärt. Mit einem Termin für die Untersuchung und einem flauen Gefühl im Bauch wurde ich nach Hause geschickt.

Hätte ich gewusst, was mich erwartete, wäre ich wohl lieber von der nächsten Brücke gesprungen.

*

Am Tag der Untersuchung war ich pünktlich morgens beim Arzt. Es waren Ferien, aber auch da hätte es niemand bemerkt, dass ich nicht zu Hause bin.

Ich wurde von der Arzthelferin sofort in einen Nebenraum geführt. Dort musste ich Hose und Unterhose hinunterlassen und mich auf eine Liege legen. Dann brachte die Arzthelferin einen großen Becher, an dem ein roter Schlauch befestigt war. Den Becher, der mit einer lauwarmen Flüssigkeit gefüllt war, hängte sie an ein Gestell und das Schlauchende schob sie mir in den Anus.

Seitdem weiß ich, was ein Einlauf ist.

Mit der Flüssigkeit im Darm wurde ich ins vollbesetzte Wartezimmer geführt. Mit den Worten: »So lange, wie möglich im Darm behalten und wenn es nicht mehr geht, dann gehst du schnell zur Toilette. Wenn alles raus ist, meldest du dich wieder bei mir«, ließ mich die Arzthelferin zurück.

Es klappte ohne Unfall, da die einzige Toilette der Praxis zufällig unbesetzt war.

Danach meldete ich mich wieder und wurde in einen weiteren Nebenraum geführt. Dort hieß es Hose ausziehen und auf dem gynäkologischen Stuhl für Frauen Platz nehmen. Nervös und ängstlich wartete ich auf den Arzt.

Kann sich irgendjemand von Ihnen vorstellen, was in einem 14-jährigen Jungen vorgeht, alleine gelassen - noch dazu auf diesem entsetzlichen Stuhl - ohne eine Ahnung davon, was ihm bevorsteht?

Meine Gefühlswelt war ein einziges Karussell. Ich hätte weinen können, aber hieß es nicht; „Jungs weinen nicht"?

Der Arzt kam zurück in den Behandlungsraum. Er hatte mehrere Geräte dabei, die ich nicht kannte, die mir allerdings sofort Angst einjagten.

Er zog einen Stuhl zu sich heran und setzte sich vor meine gespreizten Beine.

»Ganz locker bleiben und nicht verkrampfen!«, waren seine ersten Worte.

»Jetzt schauen wir mal, was da los ist.«

Mit diesen Worten kam der Schmerz. Irgendetwas Kaltes und Hartes wurde in meinen After eingeführt.

Nach dem ersten Schrei, den ich von mir gab, fragte ich, was er da mache.

»Ich untersuche dich gerade mit einem Proktoskop«, war seine Antwort.

*

Erklärung:

Eine Proktoskopie (Analkanalspiegelung) war damals die häufigste Untersuchungsmethode für den Enddarm.

Bei einer Proktoskopie ist es möglich den Analkanal anzuschauen. Diese Untersuchung wird mit einem kurzen Rohr aus Metall, das eine seitliche Öffnung hat, durchgeführt.

Man kann damit Hämorrhoiden und andere Erkrankungen im Enddarm erkennen, als Enddarm bezeichnet man das letzte Stück des Dickdarms.

Der Schließmuskel des Afters schließt den Enddarm nach außen ab.

Viele Erkrankungen und Störungen des Enddarms, wie Entzündungen, Blutungen, Schleimabsonderungen, Hämorrhoiden und Änderungen der Stuhlgewohnheiten können nur dann richtig diagnostiziert und behandelt werden, wenn sich der Arzt ein Bild von der Beschaffenheit der Schleimhaut des Enddarms machen kann. Häufig kommen Hämorrhoiden im Afterbereich vor. Weitere Erkrankungen im Be-

reich des Afters sind Fisteln (krankhafte, eiternde Gangsysteme), Fissuren (kleine Einrisse) und Ekzeme.

Auch diese Erkrankungen können während der Proktoskopie erkannt und behandelt werden.

Vorbereitet wurde diese Untersuchung fast immer mit einem Einlauf.

*

Ach ja, das war also ein Proktoskop, das da gerade in meinem Hintern steckte. Dann war ich ja beruhigt und konnte die ganze Sache „genießen".

Nach einer gefühlten halben Stunde wurde das Teil wieder aus mir herausgezogen. Als ich nun dachte, das sei alles gewesen, hatte ich mich sehr getäuscht. Nach einer kurzen Ruhepause - ich hatte gar nicht bemerkt, dass der Arzt das Zimmer verlassen hatte - kam er zurück, um mir mitzuteilen, dass mit meinem Darm etwas nicht in Ordnung wäre. Als ob ich das nicht schon lange gewusst hätte.

Er habe den Enddarm untersucht, aber das eigentliche Problem liege wohl noch tiefer im Darm.

Und damit kam das Rektoskop zum Einsatz.

Erklärung:

Die Rektoskopie, auch Mastdarmspiegelung genannt, ist eine Untersuchung des Mastdarms (Rektum). Heute macht man die Untersuchung per Endoskopie, die nicht nur schonend ist, man bekommt dabei auf Wunsch eine Kurznarkose mit Propofol. Damals gab es aber nur diese eine Untersuchungsmethode.

Der Mastdarm ist der ca. 12 bis 15 cm lange Abschnitt des Enddarms, der auf den etwa 2,5 bis 4 cm langen Analkanal folgt.

Das Rektoskop ist ein bis 30 Zentimeter langes Metallrohr mit einem Durchmesser von ca. 30 Millimetern.

In dem Gerät sind eine Leuchte und eine Luftpumpe integriert. Man kann damit Luft in den Darm pumpen, um die Darmwände zu dehnen. So wird eine bessere Sichtbarkeit erreicht und der Zustand des Darms kann besser beurteilt werden.

Zur Rektoskopie musste sich der Patient, genau wie bei der heutigen Endoskopie, auf die Seite legen. Dann wurde das Rektoskop in den Enddarm eingeführt und der Arzt konnte sich die Darmwände genau anschauen.

Nun musste ich mich auf einen Behandlungstisch legen und zur Seite drehen, tief Luft holen und natürlich „locker" bleiben.

Dann explodierte mein Hintern!

Stellen Sie sich einmal vor, Ihr Darm ist entzündet und hat innere Verletzungen. Dann schiebt Ihnen jemand ein starres, kaltes Metallrohr in den Hintern, immer weiter, immer tiefer, bis die 30 cm ausgenutzt sind. Natürlich gab es damals keine Betäubung oder gar das Anästhetikum Propofol zum Einschlafen, wie es heute üblich ist.

Nach der Untersuchung, die gefühlt eine Ewigkeit dauerte, eröffnete mir mein Arzt, dass er eine schwere Erkrankung vermutete.

So kam es, dass er mich ins nahe gelegene Krankenhaus zu den Spezialisten der Inneren überwies. Diese Überweisung hat mich bis heute am Leben gehalten. Nicht, weil die Spezialisten so kompetent waren, nein, aus Wut und Ehrgeiz.

*

Ich bekam nach einem Anruf meines Hausarztes in der Klinik bald einen Termin. In der Spezialabteilung der Klinik angekommen, kümmerten sich gleich drei Ärzte um mich. Der „Pickel" an meinem Hintern war mittlerweile so groß wie ein Hühnerei. Mein Hintern war angeschwollen und eine Rötung, so groß wie eine Untertasse, zeigte den Herd der Entzündung an. Jede Bewegung, jeder Schritt tat höllisch weh. Die Unterhosen rieben bei jeder Bewegung über die Eiterblase und sorgten für ständige Schmerzen, die mir ab und zu die Tränen in die Augen trieben. An Hinsetzen war schon gar nicht mehr zu denken.

*

Heute weiß ich, dass ich, für damalige Verhältnisse, ein besonderer Fall war. Meine Krankheit, sehr selten diagnostiziert und kaum bekannt, stellte die Ärzte vor Probleme. In mir hatten sie das perfekte menschliche Versuchskaninchen gefunden. Einen Jugendlichen, verängstigt und wehrlos, ohne Beistand und eigenen Willen.

Ich frage mich manchmal, ob die Ärzte das alles ohne das Einverständnis der Eltern machen durften.

Nach einem erneuten Einlauf musste ich wieder auf einem gynäkologischen Stuhl Platz nehmen. Der Blick auf die Ärzte wurde durch ein aufgelegtes Tuch verhindert. Wieder wurde in meinem Darm herumgestochert. Nach kurzer Zeit sagte einer der Ärzte:

»Das ist wohl ein Abszess«.

In genau diesem Moment kam der Schmerz, als ob mir ein Messer ins Fleisch getrieben wurde. So jedenfalls fühlten sich die Schmerzen an, die ich nun hatte. Ich hatte mich nicht getäuscht.

»Ich habe dir den Abszess aufgeschnitten, der Eiter fließt nun ab. Damit wirst du keine Probleme mehr haben«.

Das war die lapidare Erklärung des Arztes. Tatsächlich, ein Skalpell war ursächlich für die Schmerzen.

Im ersten Moment war ich erleichtert, denn nun war der unglaublich schmerzende Druck an meinem Hintern verschwunden.

Etwa eine Stunde später, nach einer weiteren Rektoskopie, bekam ich mein Todesurteil.

»In zwei Jahren bist du tot. Länger hältst Du das nicht durch«, sagte einer der Ärzte beiläufig zu mir. Die anderen nickten zustimmend.

Nach eingehender Untersuchung waren die Ärzte zu dem Schluss gekommen, dass ich eine schwere Darmentzündung hätte, die „Morbus Crohn" genannt wird.

Heilung sei unmöglich, ich hätte, wenn überhaupt, höchstens noch zwei Jahre zu leben. Mit diesem Satz im Gepäck durfte ich gehen.

*

Wie in Trance verließ ich die Klinik.

Das soll es also gewesen sein? Das schöne Leben, an das sich fast alle so festklammerten?

Schlimme, böse Gedanken schwirrten mir durch den Kopf. Ein schnelles, sauberes Ende wäre eine Alternative gewesen. Aber hätte ich wirklich den Mut dazu aufgebracht? Zu diesem Zeitpunkt sicher nicht.

Ich beschaffte mir eine andere Alternative – Alkohol, Zigaretten und ein Leben ohne Ziele.

Kapitel 10

Hoffnungslosigkeit ist ein echter Grund für Misserfolg

Dalai Lama, Wiedergabe mit freundlicher Erlaubnis „Seiner Heiligkeit"

In den nächsten zwei Jahren war ich fast täglich betrunken. Damals musste ich um 20 Uhr schlafen gehen, zur selben Zeit, wie mein 7 Jahre jüngerer Halbbruder.

Er hatte durchgesetzt, dass ich nicht länger als er wach bleiben durfte.

Das machte mir aber nichts aus. Wenn alle schliefen, kletterte ich aus dem Fenster und ging in die nächste Kneipe, wo meine Kumpels bereits warteten. Wir ließen es richtig krachen. Das Geld für die Sauftouren hatten wir uns immer besorgt, wenn auch die Methoden nicht ganz legal waren. Nicht ein einziges Mal wurde von meinen Eltern bemerkt, dass ich nicht im Bett lag und schlief. Die Bar in meinem Schrank, die natürlich bei der täglichen Zimmerkontrolle entdeckt wurde, ließ sie ebenfalls gleichgültig. Nur mein Opa, der regelmäßig mein Zimmer durchsuchte, trank mir immer die Flaschen heimlich leer – bis ich ihn dabei auf frischer Tat ertappte.

Für den Crohn war meine Lebensweise natürlich kontraproduktiv, da der Alkohol die Entzündungen noch fördert. Die Durchfälle wurden fast unerträglich, aber mir war das egal. Ich ging in dieser Zeit auch nicht mehr zum Arzt, ich würde ja sowieso bald sterben. Aus der Hausapotheke nahm ich mir Schmerztabletten. Diese waren im Überfluss vorhanden, da mein Vater sie jeden Tag für seinen Kater nach dem Alkoholkonsum benötigte. Hätte ich die Gelegenheit gehabt, an Drogen zu kommen, dann hätte ich diese mit Sicherheit auch konsumiert.

*

Nach zwei Jahren lebte ich seltsamerweise immer noch. Warum, zum Teufel, lebte ich noch? Hatten sich die Ärzte geirrt?

Ich wurde immer nachdenklicher und ich wurde wütend.

Auf die Ärzte, die mich einfach abgeschrieben hatten und auf meine Eltern, die mich auslachten, wenn ich ihnen erzählen wollte, wie krank ich sei.

Ich beschloss, zu leben und zu überleben.

Kapitel 11

Pubertät, erste Liebe, Lehre, Leistungsdruck, Schmerzen und Durchfall ...

... wie bekommt man all das unter einen Hut?

D ieses Kapitel ist für mich das Schwierigste und ich habe lange darüber nachgedacht, wie ich diese Zeit, in der ich zwischen 14 und 18 Jahre alt war, beschreiben soll.

Meine Diagnose hatte ich ja schon bekommen.

Ich war ein lebender Toter, ein Zombie. Teilweise sah ich auch so aus. Bei einer Körpergröße von 1,75 Meter wog ich etwa 50 Kilogramm und nahm immer mehr ab. Die Uhr tickte unerbittlich ...

Abgemagert und mit ständigen Durchfällen verweigerte ich in den folgenden zwei Jahren jegliche ärztliche Behandlung. Das war nicht schwer, denn niemand schickte mich zum Arzt. Keiner interessierte sich für meinen Zustand. Ich habe auch niemandem mehr davon erzählt, es wäre sowieso vergebens gewesen.

Alkohol und Zigaretten förderten natürlich den Dünnpfiff und wenn ich Schmerzen durch die Bauchkrämpfe hatte, dann nahm ich eben Schmerztabletten (ein bekanntes Kombipräparat aus Aspirin und Paracetamol) zusammen mit noch mehr Alkohol.
Das sollte sich in meinem späteren Leben noch fürchterlich rächen.

Es hatte sich herausgestellt, dass es eben mit der Abszess-Spaltung noch nicht „vorbei" war, wie der Arzt in der Klinik sagte. Der Abszess wurde durch eine Fistel genährt, die sich vom Darm zum Hintern durchgefressen hatte.
Diese Fistel förderte ständig Eiter und Stuhl. Ab und zu wuchs die Haut wieder darüber. Dann bildete sich der nächste Abszess, da der Dreck nicht mehr ablaufen konnte.
Diese Abszesse ließ ich unter teilweise brachialen Schmerzen so lange wachsen, bis die Haut darüber wieder so dünn war, dass ich sie mit den Fingernägeln öffnen konnte.

Das gab jedes Mal eine Schweinerei aus Blut und Eiter sowie einem Gestank, bei dem mir der Atem stockte. Manchmal, wenn ich die Schmerzen nicht mehr aushalten konnte, griff ich zum Messer und schnitt den Abszess auf. Lieber ein kurzer, heftiger Schmerz, als dieses heftige und ständige Pochen.

Das klingt sicher martialisch, aber es ersparte mir den Chirurgen, den ich schon mit dem Skalpell wedeln sah, wenn ich nur an die Klinik dachte.

Die Pubertät setzte ein. Haare wuchsen an Stellen, die vorher glatt waren.

Meine Stimme änderte sich.

Beim Schwimmen, beim Duschen und auf der Toilette schaute man plötzlich interessiert zum Nebenmann. Die Frage nach der Größe (nicht der Körpergröße) wurde wichtig, die „Kleinen" bekamen den Spott der „Großen" ab.

Doofe Mädchen wurden zu interessanten Mädchen, plötzlich achtete man auf die Körperformen. Im Schwimmbad musste man sich als Junge oft auf den Bauch legen, damit die unvermeidbare Erektion nicht zu sehen war.

Jungs stolzierten wie aufgeblasene Gockel um kichernde Mädchen herum.

Ich hielt mich zu diesem Zeitpunkt sehr zurück, da sich Fürchterliches tat. In dem Moment, in dem ein Mädchen Interesse an mir zeigte, fing mein Bauch an zu rumoren und meine Hose wurde nass.

Nein, nicht vorne, hinten!

Schmetterlinge im Bauch? Was bei anderen ein tolles Gefühl ist, war bei mir ein Warnzeichen.

Vor Aufregung schiss ich mir regelrecht in die Hose.

Das war mengenmäßig nicht viel, denn zu der Zeit hatte ich meinen Schließmuskel noch einigermaßen im Griff, aber etwas Durchfall lief immer durch die Fistel und ich schämte mich in Grund und Boden, auch wenn nichts zu riechen war.

Zu Hause gab es dann weitere Probleme, da die Flecken in meinen Unterhosen meiner Stiefmutter nicht verborgen blieben.

Meine Erklärung, dass ich immer noch Durchfälle hatte und dass eine Krankheit der Auslöser dafür sei, wurde natürlich wieder ins Lächerliche gezogen. Ich konnte mir jedes Mal vor versammelter Familie und teilweise vor Fremden anhören, dass ich mir noch nicht einmal richtig den Arsch abputzen könne.

Später griff ich zu Toilettenpapier und stopfte mir immer einige Lagen in die Unterhose um die Flecken zu vermeiden.

Trotz meiner Zurückhaltung hatte ich Freundinnen.
Erste erotische Erfahrungen endeten allerdings immer an der Unterhose.
Weiter zu gehen war für mich ein absolutes Tabu.

Wie sollte ich einem Mädchen erklären, warum mein Hintern eine Wunde aufwies, aus der Eiter und Blut liefen?
Wie sollte ich einem Mädchen das verschmutzte Toilettenpapier in meiner Unterhose erklären?
Wie würden die Mädchen, die ja alle im selben Ort wohnten, darauf reagieren?
Würde es am nächsten Tag jeder wissen?
Würden sie mit den Fingern auf mich zeigen, den Freak mit dem zweiten Loch im Arsch und den verschissenen Unterhosen?

Zu dieser Zeit, in diesem Alter und mit diesem geringen Selbstbewusstsein war es für mich unmöglich, mich einer Freundin anzuvertrauen.

Es gab da auch noch ein zweites, noch größeres Hindernis für mich – meine Stiefmutter.

Da sie aus dem Ort stammte, in dem wir wohnten, kannte sie fast jeden Einwohner. Sie kannte die Eltern der Mädchen und sie kannte die Mädchen selbst.
Kaum zeigte ich mich irgendwo mit einer Freundin, erfuhr meine Stiefmutter davon.

Was sie dann tat, werde ich ihr nie verzeihen.
Sie nahm bei der ersten Gelegenheit Kontakt mit den betreffenden Mädchen auf und redete mit ihnen. Ich weiß bis heute nicht, welche Art von Beeinflussung oder Drohung sie benutzt hat, aber es zeigte Wirkung.
Ein bis zwei Tage nach diesen Gesprächen war dann meist Schluss mit Händchen halten und knutschen.
Blieb tatsächlich ein Mädchen über mehrere Wochen bei mir, begann das Mobbing.

»Die ist nichts für Dich! Was willst Du mit der? Deren Mutter ist eine Hure!«

Täglich musste ich mir das und Schlimmeres anhören. Wenn ich mich dann nicht trennte, wurde mein Vater eingeschaltet. Der hatte es dann eine Nummer größer.

»Hast Du sie schon gebumst? Sie ist ja schon ein geiles Stück. Lässt sie Dich eigentlich schon ran? Kann sie gut blasen? Ich kann sie ja mal für dich testen!«

So ging das bei jeder Gelegenheit, jeden Tag. Die Mädchen waren zwischen 14 und 16 Jahren alt und ich hätte meinem Vater zugetraut, dass er die Gelegenheit nutzen würde, wenn er sie bekam.

Irgendwann war ich an einem Punkt, an dem ich nicht mehr konnte und die jeweilige Beziehung beendete.

*

Dieses Verhalten ging immer weiter. Selbst als ich schon volljährig war und ein Auto hatte, endete es nicht. Dazu möchte ich noch ein Erlebnis aus dieser Zeit schildern.

Eines Tages haben mein Freund und ich zwei Mädchen kennengelernt. Am ersten Abend führten wir sie aus, sie wollten in ein großes Festzelt gehen, in dem jedes Jahr das Hähnchenfest stattfand. Wir freuten uns auf den Abend, doch als wir in das Festzelt kamen, saßen meine Eltern zusammen mit Freunden am Eingang des Festzeltes. Es gab kein Entkommen für mich. Wir wurden sofort von ihnen angesprochen und notgedrungen stellte ich die Mädchen meinen Eltern vor.

»Welche ist denn Deine?«, fragte meine Stiefmutter laut und in strengem Ton. Es war mir sofort sehr peinlich. Ich sagte erst einmal nichts dazu.

»Es ist doch hoffentlich nicht die«, rief sie und zeigte auf eines der Mädchen.

»Die ist ja hässlich.«

Mein Vater und die Freunde meiner Eltern lachten lauthals. Ich wollte am liebsten im Boden versinken.

Wir drehten uns um und verließen das Festzelt. Natürlich war der Abend beendet, bevor er richtig angefangen hatte. Die Mädchen ließen sich von uns noch nach Hause fahren, dann brach der Kontakt ab.

Es tut mir heute noch leid, dass ich damals zu feige war, meinen Eltern die Stirn zu bieten und mich so beeinflussen ließ.

Aber was sollte ich tun? Ich war von meinem Elternhaus abhängig und in meinem Alter, mit meinen finanziellen Möglichkeiten, war an einen Wohnungswechsel noch nicht zu denken.

Kapitel 12

Nichts ist so hoffnungslos, dass wir nicht Grund zu neuer Hoffnung fänden.

Niccoló Machiavelli

Meine angeblich letzten zwei Lebensjahre vergingen wie im Flug.

Mindestens die Hälfte der Zeit verbrachte ich im Suff. Irgendwann hatte ich meinen 16. Geburtstag und ich lebte immer noch.

In diesem Jahr besuchte ich immer noch die 10. Klasse der Realschule, da ich die 9. Klasse wiederholen musste. Na ja, wiederholen „musste" stimmt nicht ganz. Wiederholen „wollte" ist wohl der richtige Ausdruck. Mein bester Freund und Sitznachbar hatte die 8. Klasse wiederholen müssen und ich dachte, was soll´s, drehe ich halt auch eine Ehrenrunde und lieferte in diesem Jahr alle Klassenarbeiten unter dem Schnitt ab.

Da hatte ich etwas richtig gemacht! Etwas Besseres konnte mir nicht passieren.

Ich saß wieder mit meinem Freund zusammen in einer Klasse und ich bemerkte etwas. Egal, was die Lehrer da vorne zu uns sagten, egal, wie schwer die Aufgaben waren, ich wusste alle Lösungen.

Ich hatte den gesamten Stoff noch im Kopf.

Damals bemerkte ich zum ersten Mal, dass ich eine Form von fotografischem Gedächtnis habe. Ich behaupte nicht, dass es immer funktioniert. Aber es funktioniert sehr oft.

Ereignisse, Bilder und Abläufe, die ich irgendwann gesehen oder erlebt habe, liegen in meinem Kopf zum Abruf bereit. Ich nenne das für mich „Schubladenwissen". Ich öffne eine Schublade und die Antwort, die ich irgendwann archiviert habe, liegt vor mir.

Dieses Wissen brachte mir das beste Zeugnis, das ich je an dieser Schule hatte.

Mit diesem Zeugnis musste ich mich auch um eine Lehrstelle bewerben. Ich schickte genau eine einzige Bewerbung ab, weil ich wusste, dass diese reicht.

Das Bewerbungsgespräch mit einem kombinierten IQ- und Wissenstest war für mich sehr einfach und ich bekam die Lehrstelle zum Kfz-Schlosser bei einem großen Autokonzern.

Gelegentlich fragte ich mich damals, wofür mache ich das noch?

Meine zwei Jahre waren abgelaufen aber ich lebte immer noch. Nur, wie lange würde das noch gehen? Ärzte haben doch eigentlich immer Recht.

*

Im Zuge meiner Bewerbung musste ich das erste Mal nach zwei Jahren wieder zum Arzt. Ich brauchte eine Bescheinigung für den Arbeitgeber. Mein Arzt war zwar überrascht, mich zu sehen, machte sich aber gleich wieder an die Arbeit.

Weitere Untersuchungen folgten, das Martyrium ging weiter und mein Arzt hatte nun eine neue Methode aufzuweisen.

Er durchbohrte die Fistel mit einer langen, dünnen Nadel, einer sogenannten Sonde, um einen Faden hindurch zu ziehen. Dieser sollte verknotet und nach und nach verkürzt werden. Dies sollte dem Zweck dienen, die Fistel zu durchtrennen, damit sie dann von innen nach außen zuwachsen konnte.

Das Ganze wurde natürlich wieder ohne jegliche Narkose oder Schmerzmittel gemacht.

Während dieser Prozedur bemerkte mein Arzt, dass die Fistel nicht mehr alleine war.

Es gab mittlerweile ein ganzes Fistelsystem, einen sogenannten Fuchsbau. Da war es mit einem einzelnen Faden nicht getan. Auf der Suche mit der Nadel nach dem Weg durch die Fistel wurden mir weitere Verletzungen zugefügt. Ich schrie vor Schmerzen.

Man muss sich das so vorstellen: Denken sie sich einen halbweichen Käseblock mit kleinen Löchern, zum Beispiel einen Tilsiter. Nun nehmen sie eine lange, starre Nadel, z.B. eine Stricknadel und versuchen sie, mit der Nadel einem der kleinen Gänge zu folgen, die im Käse sind. Sie sagen, das geht nicht? Genau. Da Sie blind in dem Käse rumbohren, sind Sie mehr im Material als in den Gängen.

So, dieser Käse war nun mein Hintern. Bei jeder Biegung der Fistel wurde mir die Nadel ins blanke Fleisch gestochen. Als der Faden endlich durchgezogen war, blutete ich wie ein abgestochenes Schwein.

Ich stieg vom Stuhl und sah ich eine Menge blutverschmierter Tücher auf dem Boden liegen.

»Macht nix, das ist normal«, waren die Worte meines Arztes, der meinen erschrockenen Blick bemerkt hatte. Ein bisschen Mull draufgepackt, festgeklebt und schon durfte ich gehen, einer rosigen Zukunft entgegen.

*

Jetzt hatte ich also diesen schwarzen Faden aus dem Hintern hängen. Bei jeder Reinigung nach dem Stuhlgang musste ich besonders aufpassen, damit der Faden nicht im Toilettenpapier hängen blieb und riss.
Einmal passierte das Unvermeidliche und ich musste die ganze Prozedur nochmals über mich ergehen lassen.

Vielleicht sollte ich an dieser Stelle noch erwähnen, dass mein damaliger Arzt weder Internist noch Chirurg war.
Er hat einfach nur seiner Kreativität freien Lauf gelassen und mich als Versuchskaninchen benutzt.

*

Die Lehre lief erstaunlich gut, aber nun wurde der Faden immer mehr zum Problem. Auch die Durchfälle wurden extremer.
Nach dem Arbeiten wurde zusammen geduscht. Ich schämte mich natürlich für meinen durchlöcherten Hintern, aus dem jetzt auch noch ein Faden hing.

Nachdem unter meinen Kollegen die ersten Witzchen über meinen Hintern kursierten und einer sogar versuchte, an dem Faden zu ziehen, mied ich von nun an das Duschen im Gemeinschaftsraum.

Also stieg ich nach der Arbeit ungewaschen in die Straßenkleidung und verließ die Firma.

*

Eines Tages hatte sich wieder ein Abszess gebildet. Wie immer in solchen Fällen ging ich nicht ins Krankenhaus, sondern ließ ihn wachsen. Natürlich passierte es während ich in der Werkstatt arbeitete. Der Abszess platzte auf und mir lief die stinkende und blutende Brühe die Beine herunter. Meine hellblaue Leinenhose war am Hintern tropfnass, ein riesiger, gut sichtbarer Fleck hatte sich gebildet.

Was nun?

So konnte ich unmöglich weiterarbeiten. Ich ging zu meinem Ausbildungsmeister und vertraute mich ihm schweren Herzens an.

Er sagte mir, dass er schon des Öfteren bemerkt hatte, dass es mir nicht gut ging. An diesem Tag schickte er mich nach Hause. Ich war ihm sehr dankbar dafür.

Dieser Mann war eine Art Mentor für mich. Er hat mich immer unterstützt und wenn es nach ihm gegangen wäre, hätte ich nach der Lehre ein Studium begonnen.

Das kam für mich aber nicht in Frage, da ich nur ein Ziel hatte und dieses hieß: Raus aus dem Elternhaus!

Dazu musste ich Geld verdienen und ein Studium hätte mich weiter an diese Hölle gebunden.

Nach dem ersten Lehrjahr wurde ich von meiner Firma zur Belohnung für gute Leistungen für drei Wochen in eine Jugendeinrichtung nach Berchtesgaden geschickt. Ich freute mich riesig und genoss die drei Wochen beim Skifahren und Bergsteigen. In der zweiten Woche dieses Urlaubs fuhr die ganze Gruppe nach Österreich in ein Langlauflager. Nach der Busfahrt durch die Berge hielt der Fahrer plötzlich mitten auf der Landstraße an. Unser Betreuer wies uns an, unsere Sachen zu nehmen und den Bus zu verlassen. Wir waren etwas irritiert. Was hatte er nun vor?

Als alle mit ihren Rucksäcken den Bus verlassen hatten, lief unser Betreuer einfach in den Wald. Wir mussten folgen. Zuerst liefen wir im tief verschneiten Wald etwa 20 Minuten bergab. Dann erreichten wir eine größere Lichtung mit einer Holzhütte. Um diese Hütte herum war eine Loipe gespurt. Unsere Überraschung war groß, als unser Betreuer erklärte, dass wir hier eine Woche lang bleiben werden.

Ich sah mich um. In der Hütte lagen Schlafsäcke auf dem Boden, ein riesiger, karger Holztisch stand in der Mitte und ein kleiner Gaskocher auf einer winzigen Anrichte. Mehr als noch einen altertümlichen Küchenschrank konnte ich nicht erkennen. An einer Wand lehnten etliche Langlaufskier mit Stöcken.

Aus Gewohnheit fragte ich nach einer Toilette. Unsere Begleitperson führte mich zur Eingangstür, öffnete sie und zeigte hinaus.

»Bitteschön. Du darfst Dir einen Platz aussuchen. Um die Ecke liegen Zeitungen.«

Da hatte ich den Salat. Ich befürchtete ein Desaster für die nächsten Tage.

Die Hütte hatte kein Bad, kein fließendes Wasser und keinen Strom. Wir waren eine Woche in der tief verschneiten Wildnis, tauten Schnee auf, um Wasser für die Körperpflege und den Morgenkaffee zu bekommen. Der Kaffee schmeckte fürchterlich, da Schneewasser salzig ist. Zum Essen gab es Brot und Wurst. Ich hatte Angst, dass ich diese Tage nicht überstehen würde.

Doch es lief alles glatt. Wir hatten viel Spaß bei unserem Steinzeitleben. Durch das ständige Brot essen dickte mein Stuhlgang dermaßen ein, dass ich nur ein einziges Mal im Wald verschwinden musste. Der Mensch ist also auch während einer Krankheit anpassungsfähig.

Nach dieser Woche kehrten wir glücklich, aber stinkend, in die Jugendeinrichtung nach Berchtesgaden zurück.
Ich kann jedem Jugendlichen wärmstens empfehlen, einmal in einer Gruppe ein paar Tage in der Wildnis zu verbringen. Kleine Konflikte werden ausgeräumt, der Zusammenhalt ist enorm.
Wir alle hatten etwas fürs Leben gelernt.

In die letzte Woche des Urlaubs fiel mein 18. Geburtstag.

Endlich war ich volljährig!
Es wurde nur von niemandem bemerkt.
Im Urlaub hatte ich keinem Menschen davon erzählt, die Betreuer wussten anscheinend auch nichts davon.
Als ich wieder nach Hause kam, erwähnte niemand meinen Geburtstag.

Keiner gratulierte mir nachträglich, alles ging seinen gewohnten Weg.

Okay, was soll's, dachte ich mir.

Zusammen mit einem Freund meldete ich mich zur Fahrschule an. Zu meiner ersten Fahrstunde wurde ich von meinem Fahrlehrer abgeholt. Ich durfte gleich hinter dem Lenkrad Platz nehmen, da sah ich meine Stiefmutter hinter einem Fenster im Erdgeschoss des Hauses stehen. Sie beobachtete genau, was vor sich ging.
Es war ein tolles Gefühl und diesen Blick werde ich nie vergessen. Natürlich musste ich nach meiner Rückkehr sofort Rechenschaft ablegen.
Ich sagte ihr ganz offen, dass ich mich für die Fahrschule angemeldet hatte und den Führerschein machen wollte.
Ihre Antwort war ein knappes: »Ach ja, du bist ja jetzt volljährig. Das Geld für den Führerschein wäre anderswo besser angelegt, Du schaffst das sowieso nicht.«

Das war alles, was ich zu meinem großen Geburtstag von meiner Familie zu hören bekam.
Danke.

Kapitel 13

»Weiber sind zum Ficken da,
ansonsten taugen sie zu nichts.«

D as war der Leitspruch meines Vaters, den er mir unter vier Augen immer wieder nahelegte.

Mein Vater war ein Misanthrop. In diesem Kapitel möchte ich Ihnen die Denkweise und das Verhalten meines Vaters näher bringen.

Er hat die meisten Menschen verachtet, aber Frauen hat er wirklich gehasst. Anders kann ich es nicht ausdrücken. Seinen Ursprung hatte dieser Hass auf Frauen möglicherweise in seiner ersten Ehe. Nachdem ihn meine Mutter verlassen hatte, stand er alleine da, mit einem Kind, das er nie wollte.

Meine Stiefmutter heiratete er angeblich nur, damit ich eine Familie hätte. Bei der Durchsicht alter Unterlagen fiel mir ein Schreiben meiner Stiefmutter an meinen Vater in die Hand. Aus diesem Brief lässt sich erkennen, dass mein Vater die Beziehung zu ihr abgebrochen hatte und sie ihn danach regelrecht mit Briefen bombardierte, bis er zu ihr zurückkehrte.

Zu diesem Zeitpunkt war sie mit meinem Halbbruder schwanger und mein Vater musste sie heiraten, ob er wollte, oder nicht.

Was soll man nun glauben? Was einem von diesen Menschen tröpfchenweise erzählt wurde, oder was man schriftlich in der Hand hält.

Immer wieder wurde ich belogen.

*

Ein weiterer Brief, mit der Bitte, ihn nach dem Lesen sofort zu verbrennen, befand sich ebenfalls in den Unterlagen. Darin berichtet eine Frau, dass sie den Liebhaber meiner leiblichen Mutter gesucht, aber nicht gefunden habe. Sie wollte ihm etwas antun. Ich weiß nicht, in welchem Verhältnis mein Vater oder der spätere Mann meiner Mutter zu dieser Frau standen. Das habe ich auch nie erkunden können.

Ob mein Vater diese Suche angeordnet und eine mögliche Straftat toleriert hat, erschließt sich aus dem Brief leider nicht.

Jedenfalls hat er ihn aufbewahrt und nicht verbrannt.

In frühen Jahren war mein Vater selten zu Hause. Nach der Arbeit ging er entweder angeln oder in die nächste Wirtschaft. Oft kam er spät abends betrunken nach Hause und seine aufgestaute Wut suchte ein Ventil.

Ich wusste, wenn meine Stiefmutter ihm wieder von meinen angeblichen Taten erzählen würde, dann würde es wieder Schläge für mich geben. Ich war allerdings nicht alleine das Opfer, auch meine Stiefmutter und mein Halbbruder bekamen ihre Schläge ab. Manchmal zertrümmerte er in seiner Wut auch Einrichtungsgegenstände.

*

An Versprechen hielt sich mein Vater auch nicht.

Wir waren 1975 zu einem schönen Urlaub in Norwegen. Immer wieder kam das Thema „Rauchen" zur Sprache, da einige der Mitreisenden den ganzen Tag qualmten. Ständig regte sich mein Vater über die anderen auf. Immer wieder sagte er zu mir: »Meinetwegen kannst Du Dich jeden Tag besaufen, aber hör mit dem elenden Rauchen auf.«

Eines Tages bot er mir eine Wette an. Wenn ich ein ganzes Jahr nicht rauchen würde, dann bekäme ich 100 DM von ihm. Ich nahm die Wette an.

Anfangs fiel es mir schwer, nicht mehr zu rauchen, aber ich hielt das Jahr durch.

Als ich meinem Vater stolz sagte, dass das Jahr vorbei sei und er mir nun das Geld geben könnte, sah er mich kopfschüttelnd an.

»Denkst Du wirklich, ich glaube Dir das? Für wie blöd hältst Du mich eigentlich? Du bekommst nichts von mir.«

Ich hatte mir schon gedacht, dass so etwas kommt. Deshalb überraschte es mich nicht. Nach seinen Worten drehte ich mich um und ging – zum nächsten Zigarettenautomaten.

Eine Ironie des Schicksals wollte, dass ausgerechnet er, der militante Nichtraucher, in späten Jahren an Lungenkrebs erkrankte.

Ich denke heute noch, wenn er meine Abstinenz honoriert hätte, wenn er mir nur geglaubt hätte, dann hätte ich nicht mehr mit dem Rauchen begonnen. Es ging mir nicht um das Geld, ich wollte einfach Anerkennung für meine Leistung, aber da hatte ich wieder zu viel erwartet.

Eines Tages, ich war ungefähr 16 oder 17 Jahre alt, empfing mich meine Stiefmutter mit einer Postkarte in der Hand.

»Was steht da drauf? « herrschte sie mich an.

Ich nahm die Karte und konnte kaum glauben, was ich da las.

Eine Frau hatte aus den USA eine Ansichtskarte an meinen Vater geschickt, vollgepackt mit Liebesschwüren.

Natürlich war die Karte in englischer Sprache geschrieben und meine Stiefmutter konnte diese nicht übersetzen. Mein Halbbruder saß ziemlich kleinlaut am Tisch und meinte, da stehe etwas von Liebe.

Er konnte noch kein Englisch, aber die Worte »I Love You« waren ihm natürlich ein Begriff.

Da stand ich nun und wusste nicht, was tun.

Ich begann stockend, eine andere Version zu übersetzen und konnte es so darstellen, dass eine Arbeitskollegin meines Vaters ihm eine Karte aus dem Urlaub geschickt hätte.

Angeblich mit „Lieben Grüßen" unterzeichnet.

Meine Stiefmutter zweifelte, hatte aber für den Moment keine andere Möglichkeit, als mir zu glauben.

Das war eine Freude, als mein Vater an diesem Abend nach Hause kam!

Ein lautes Geschrei, das kaum enden wollte, bestimmte den Rest des Abends.

Er konnte sie tatsächlich überzeugen, dass alles harmlos war. Ich hatte ihn vorgewarnt und ihm erzählt, was ich übersetzt hatte.

*

Tage später nahm mich mein Vater mit zu einem Arbeitskollegen nach Hause.

Ich konnte es kaum fassen, was mir dann erzählt wurde. Sein Kollege war eingeweiht und fungierte als heimlicher Briefkasten für meinen Vater.

Dieser erklärte mir, dass er mehrere Geliebte habe, die eine aus den USA, die die Karte geschickt habe, käme jedes Jahr für 4 Wochen zu Verwandten nach Deutschland. Dann würde er sie treffen.

Sie arbeitete in Amerika als Busfahrerin und sei eine tolle Frau.

Ich müsste sie unbedingt einmal kennen lernen. Pffffff…

Was denn noch? Was stellte er sich denn vor? Dass ich ihm sage, was für ein geiles Weib er da hätte? Wollte er nur Bestätigung von mir?

Eine andere seiner Geliebten war Bedienung in einer Kneipe, in der auch ich verkehrte. Sie würde mich auch kennen.

Nun habe er mich mitgenommen, um mich einzuweihen, aber vor allem, weil er einen Übersetzer brauchte. Die Frau aus den USA hatte wieder geschrieben, dieses Mal an die richtige Adresse. Warum sie die Karte zu ihm nach Hause gesendet hatte blieb mir ein Rätsel. Vielleicht wollte sie auf diese Weise eine Trennung meines Vaters von meiner Stiefmutter provozieren.

Jetzt war ich also Mitwisser mehrerer Affären und musste auch noch die intimen Details übersetzen.

Na Klasse - ich war begeistert.

Dann setzte mein Vater dem Perfiden die Krone auf.

Nachdem er mich über alles in Kenntnis gesetzt hatte, sagte er diesen einen Satz:

»Wenn du irgendjemandem davon erzählst, dann bringe ich dich um!«

Da war sie wieder, die Todesdrohung.

Ich fragte mich wirklich, ob mein Vater noch ganz klar im Kopf war.

Hatte ich ihm mit meiner falschen Übersetzung nicht gerade den Arsch gerettet? Hatte ich ihn nicht vorgewarnt? Hatte ich ihm nicht gezeigt, zu wem ich stehe?

Ich verstand die Welt nicht mehr.

*

In den nächsten Jahren wurde mir erst richtig bewusst, wie mein Vater tickte. Wenn eine Frau ihm nicht um den Bart ging, ihm schmeichelte oder sich ihm gar anbot, dann schlug seine Freundlichkeit in Hass um.

Von da an bekämpfte er diese Frauen mit Häme und Verachtung.

Ganz dumm war, dass er es bei wirklich jeder Frau, jedem Mädchen versuchte, auch bei meinen und meines Halbbruders Freundinnen.

Da sich meine Freundin und heutige Ehefrau nicht auf ihn einließ, bekam sie auch das volle Programm der Abneigung zu spüren. Zum Fahren, Helfen und Arbeiten war sie gut genug.

Sie wurde, wie auch ich, bis zum Letzten ausgenutzt.

Die Freundinnen meines Halbbruders, die mit Küsschen hier und Küsschen da kamen und um meinen Vater herumschwänzelten, waren die Lieben und wurden hofiert.

Auch seine ihm unterstellten Arbeiter hatte er fest im Griff. Wer nicht mit ihm bei oder nach der Arbeit Alkohol getrunken hat, der hatte ein schweres Leben. Diese Menschen wurden von meinem Vater regelmäßig gemobbt, bekamen die härteste Arbeit zugeteilt und wurden von ihm trotzdem schlecht beurteilt. Übrig blieben die Trinkfesten, die ihm nach dem Mund redeten. Natürlich übernahm mein Vater stets die Rechnungen. So erkaufte er sich seine Freunde.

Diese Menschen habe ich immer verachtet.

*

Irgendwann, nachdem ich zu Hause ausgezogen war, hörte ich von einer weiteren Geschichte.

Meine Stiefmutter hatte Besuch von einem ihr bis dahin nicht bekannten Mann bekommen. Dieser erzählte ihr, dass seine Frau ein Verhältnis mit meinem Vater hätte. Danach hat meine Stiefmutter einen Privatdetektiv eingeschaltet und ließ meinen Vater überwachen.

Der Detektiv konnte auch nach kürzester Zeit Ergebnisse vorweisen.

Mein Vater wurde umgehend von meiner Stiefmutter mit eindeutigen Beweisen konfrontiert.

Es muss ordentlich geknallt haben. Danach war mein Vater plötzlich richtig handzahm.

Von diesem Zeitpunkt an hatte sie ihn in der Hand. Sie sagte ihm, dass sie, sollte noch ein Fehltritt folgen, ihn vor die Tür setzen würde. Einen Neuanfang wollte er nicht mehr, also hat er sich letztendlich gefügt. Meine Stiefmutter hatte ihm sprichwörtlich die Eier abgeschnitten.

Damit hatte er sein Leben abgegeben.

Er war plötzlich der Sklave seiner Frau. Dauernd lag sie ihm mit anderen Forderungen in den Ohren. Dauernd drohte sie ihm, ihn aus dem Haus zu werfen.

Eine Nachbarin hat mir einmal erzählt, dass mein Vater heulend bei ihr in der Küche gesessen habe.

Er würde es nicht mehr aushalten, diese Frau würde ihn in den Tod treiben.

Manche Dinge haben eben Konsequenzen, mit denen man nicht unbedingt klarkommt.

Kapitel 14

»An der Leine fängt der Hund keinen Hasen.«

Bulgarisches Sprichwort

Nun war ich also volljährig.
Endlich konnte ich tun, was ich wollte. Man stellt sich das immer so einfach vor, aber dann steht man plötzlich vor einem Berg voller Probleme. Hindernisse, an die man vorher nicht gedacht hatte, bauen sich vor einem auf. Nie hätte ich mir vorstellen können, dass man so vieles bedenken und planen muss, wenn man auf eigenen Füßen stehen will.

Mein oberstes Ziel, endlich aus meinem Elternhaus auszuziehen, konnte ich erst mal knicken.
Womit sollte ich ein eigenes Leben, eine eigene Wohnung finanzieren? Ich war gerade mal im zweiten Jahr meiner auf dreieinhalb Jahre vorgesehenen Lehrphase. Ich hatte

etwa 350.- DM zur Verfügung, von denen ich 100.- DM Unterhalt zahlen musste, obwohl ich mich selbst versorgte.

Als ich noch in die Schule ging und mein Halbbruder eingeschult wurde, hatten sich zu Hause die Essenszeiten geändert. Zu Mittag gegessen wurde nun, wenn mein Halbbruder von der Schule nach Hause kam. Da ich später Schulschluss hatte, war für mich kein warmes Essen mehr da. Etwas aufwärmen durfte ich nicht, da die Küche schon geputzt war.

Zu meinem Vater durfte ich davon natürlich kein Sterbenswörtchen sagen.

Also musste ich essen, was der Kühlschrank noch hergab.

Nur an den Wochenenden und in den Ferien kam ich dann auch in den Genuss warmen Mittagessens.

*

Nachdem ich meine Lehre begonnen hatte, scherte ich mich einen Dreck um das Verbot, die Küche zu benutzen. Ich kaufte mir eigene Nahrungsmittel und begann, selbst zu kochen. Die Küche putzte ich danach natürlich wieder, natürlich nie sauber genug für meine Stiefmutter.

Meine für mich gekauften und von mir bezahlten Lebensmittel durfte ich aber nie aus den Augen lassen. Diese wurden bei Möglichkeit sofort von meinen Familienmitgliedern geplündert und ich musste wieder neu einkaufen, damit ich etwas zu Essen hatte. Oft ging ich auch, wenn mein Budget es zuließ, in die nächste Gaststätte zum Essen.

Eines habe ich dabei gelernt – ich kann kochen und mich selbst versorgen.

Meine Fahrstunden für den Führerschein musste ich natürlich selbst bezahlen und dann sollte nach der bestandenen Prüfung so schnell wie möglich ein Auto her.

Vorerst sah ich also keine Chance, dieser Hölle zu entrinnen.

Nachdem ich von der Arbeit oder der Berufsschule nach Hause kam musste ich immer noch etliche Arbeiten im Haushalt und im Garten erledigen.

Verstehen Sie mich bitte nicht falsch, ich finde es nicht verkehrt, wenn Kinder oder Jugendliche im Haushalt mithelfen.

Aber wenn von zwei Kindern eines täglich jede Menge Arbeit bekommt und das andere gar nichts tun muss, dann finde ich das nicht in Ordnung.

Wenn man nie ein Lob für seine getane Arbeit bekommt, sondern auch noch runtergeputzt wird, wenn man mal einen Grashalm übersehen hat, dann finde ich das auch nicht richtig.

Wenn die Arbeit getan war, hatte ich selten die Zeit, um mich etwas auszuruhen. Spät am Abend fuhr ich dann mit Kollegen in die nächste Diskothek und betrank mich. Zum Schlafen kam ich zu dieser Zeit sehr selten.

*

Dann gab es eine Überraschung.

Als ich meinen Führerschein in der Tasche hatte, eröffnete mir mein Vater, dass er mir ein Auto kaufen würde. Ich war platt. Wie kam das denn?

Kurz darauf sahen wir uns bei einem Arbeitskollegen meines Vaters einen 2 CV, eine sogenannte „Ente" an. Mein Vater kaufte dieses Vehikel für mich. Er legte großzügig die 1.200.-DM für den Wagen auf den Tisch.

Ich Trottel war ihm unendlich dankbar.

Erst spät sollte ich merken, dass dies auch wieder nur ein kluger Schachzug war. So hatte er mich wieder in die Abhängigkeit getrieben. Wenn ich nicht alles so machte, wie es ihm passte, dann wurde mir immer deutlich gesagt, wer mein Auto bezahlt hat und wer es mir auch wieder nehmen konnte.

Dann kam der große Tag.

Ich war total aufgeregt, als ich meinen Wagen abholen durfte. Ich war so nervös, dass ich beim Bohren der Nummernschilder das Bohrfutter in der Hand hielt und mich dermaßen verletzte, dass ich stark blutete. Nachdem mir die Frau des Verkäufers die Hand verbunden hatte saß ich endlich in meinem eigenen Auto.

Damals war es noch üblich, dass man seine Fahrstunden und die Prüfung in einem Auto mit Automatikgetriebe machte. Das war einfacher, es gab weniger durchgefallene Prüflinge und die Fahrschule pflegte dadurch ihren guten Ruf.

Meine Fahrstunden und die Prüfung hatte ich mit einem Auto mit Schaltgetriebe gemacht. Trotzdem hatte ich Probleme, da der „Deux Chevaux" eine sogenannte „Kochlöffelschaltung" hatte.

Nach einer kurzen Eingewöhnungszeit hatte ich diese aber im Griff. Der Spaß konnte beginnen.

Gleich in der ersten Woche touchierte ich ein in einer Kurve stehendes Auto.

Ich stieg aus und besah mir den Schaden. Der Kotflügel an meinem Auto war eingedrückt und ließ sich mit einer Hand wieder in seine ursprüngliche Form bringen. Das gegnerische Auto hatte nicht einmal einen Kratzer.

Ich begann, meine „Ente" zu lieben. Diesem Auto konnte man nichts antun. Ein unverwüstliches Fahrzeug, das sogar mit Liegesitzen ausgestattet war. Eine unschlagbare Kombination zu dieser Zeit.

*

Die Sauftouren wurden nun ausgedehnt und wir kamen auf die verrücktesten Ideen. Manchmal hatten wir Lust, einen Kaffee zu trinken. Das taten wir auch, aber wir fuhren dazu einfach mal so in die Schweiz. Wir haben dort unsere Tasse Kaffee getrunken und sind wieder nach Hause gefahren. Das waren an einem Nachmittag etwa 500 Kilometer zu fahren. Das Schönste an der Sache war, dass uns niemand daran hindern konnte. Wir taten es einfach.

Das und viele andere Sachen.

Der Morbus Crohn ließ mich in dieser Zeit größtenteils in Ruhe, Durchfälle waren normal, aber ich konnte sie noch über den Schließmuskel lange genug kontrollieren um die nächste Toilette zu erreichen. Die Fisteln förderten munter weiter, aber die Schmerzen konnte ich ja durch noch mehr Tabletten mit noch mehr Alkohol eindämmen.

Zusammen mit zwei, drei Kollegen aus der Lehrwerkstatt zog ich weiterhin durch die Diskotheken. Montag und Dienstag waren Ruhetage, die restlichen Abende der Woche soffen wir uns die Birne zu.

Jeder von uns hatte immer seine wöchentliche Kiste Wein im Kofferraum und jeden Abend tranken wir die härteren Sachen flaschenweise. Wir fuhren betrunken Auto und niemand störte es. Damals waren Kontrollen selten und ich hatte das Vergnügen, nur ein paar Häuser neben der Polizeistation zu wohnen. Die Polizisten kannten mich und sie kannten mein Auto. Vielleicht war das ein Grund dafür, dass sie mich nie kontrolliert haben.

Egal, an welchem Tag sie mich erwischt hätten, ich stand immer unter Alkohol.

Hätten sie mich ein einziges Mal pusten lassen, es hätte mich mit Sicherheit meinen Führerschein gekostet.

Wenn abends etwas von den Getränken übrig blieb wurde es am nächsten Morgen mit in die Lehrwerkstatt genommen und dort heimlich konsumiert. Wir fühlten uns stark und dachten, dass niemand unsere Fahne bemerken würde.

Ein Vorfall zeigte mir, dass unser Lehrmeister sehr wohl darüber Bescheid wusste, was in unserer Gruppe passierte.

Eines Tages hatten wir in einem Klassenzimmer Unterricht. Ich war vom Vorabend noch so breit, dass ich mir einen der hinteren Plätze nahm und mit dem Kopf auf dem Tisch liegend umgehend einschlief.

Als einer meiner „lieben" Kollegen unseren Meister darauf hinwies, sagte dieser:

»Lass´ den mal schlafen, der ist zu betrunken um am Unterricht teilzunehmen«.

Ich hatte das im Halbschlaf gehört und dachte nur, dass wir von nun an vorsichtiger sein mussten. Dann schlief ich weiter.

*

Das nächste Jahr verging nicht wie im Flug, nein, es verging im Suff.

Trotzdem konnte mich kein Test, keine Prüfung überraschen, meine Noten waren so gut, dass ich die Facharbeiterprüfung zusammen mit einigen anderen Kollegen 9 Monate vor dem eigentlichen Termin machen durfte. Eine vorgezogene Prüfung bedeutete auch, dass ich 9 Monate eher gutes Geld verdienen konnte.

Ich bestand und wurde in den Betrieb übernommen.

Angebote, mich weiter zu bilden und zu studieren, schlug ich aus. Ich brauchte dringend den Verdienst.

Als Mitarbeiter dieser Firma hatte man wenig finanzielle Sorgen.

Nun hatte ich endlich mehr Geld zur Verfügung und konnte so langsam an eine eigene Wohnung denken. Aber da hatte ich wieder die Rechnung ohne meinen Vater gemacht.

*

Eines Tages sprach er mich an, ob ich nicht Lust hätte, mal ein anständiges Auto zu fahren. Ich hatte mir, nachdem meine Ente leider den frühen Tod des Motorölmangels gestorben war, einen gebrauchten Kadett zugelegt.

Mein Vater fuhr seit längerem jedes Jahr ein neues Auto. Nun war es wieder so weit, sein Jahreswagen musste verkauft werden, damit er ein neues Auto finanzieren konnte.

Ich sollte hier vielleicht noch erklären, dass die Firma, in der wir arbeiteten, ihren Mitarbeitern große Rabatte einräumte, wenn diese Mitarbeiter einen sogenannten Jahreswagen kauften.

Diesen fuhr man dann ein Jahr lang und konnte ihn danach mit sattem Gewinn verkaufen. Dieser Gewinn musste damals noch nicht als geldwerter Vorteil versteuert werden und war somit ein netter Nebenverdienst.

Nun bot mir mein Vater seinen Jahreswagen zu dem Preis an, den er für sein neues Fahrzeug bezahlen musste. Das waren damals 16.000.- DM. Damit verzichtete er auf seinen Gewinn und für mich war das ein tolles Angebot, aber auch jede Menge Geld. So war ich gezwungen, für das Auto einen Kredit aufzunehmen.

Mein Vater ging umgehend mit mir zu unserer Hausbank und sorgte dafür, dass ich das Darlehen bekam.

Er musste sogar eine Bürgschaft für mich unterzeichnen, da der Bankangestellte nicht so ganz mit der Sache einverstanden war. Heute weiß ich, dass der Mann mich eigentlich davor bewahren wollte, eine Dummheit zu begehen.

Nun hatte ich mich mit diesem Kredit hoch verschuldet.

Es gab da zwei Dinge, die ich in meinem jugendlichen Leichtsinn und meiner Naivität nicht bedachte.

Zum einen hätte ich für diesen Preis als Mitarbeiter der Firma natürlich auch einen Neuwagen bekommen! Jetzt hatte ich einen Gebrauchtwagen zum selben Preis.

Der zweite Punkt war viel gravierender. Ich verdiente etwas über 1.200 DM und musste für den Kredit 523.- DM monatlich abbezahlen. Wieder saß ich fest und diesmal hatte ich mich richtig linken lassen.

Mein Vater sagte mir nach dem Kauf ganz offen, dass er den Deal genauso geplant hatte. Alles zu dem Zweck, damit ich nicht so schnell aus diesem Haus ausziehen konnte. Meine Arbeitskraft wurde ja noch gebraucht.

Allerdings fuhr ich nun eine Nobelmarke, was auch seine Vorteile hatte. Das Auto war ein Aufreißer. Viele Mädchen wollten nun mit mir fahren und ich gebe zu, manchmal genoss ich es. Ich wusste aber auch, dass ich größtenteils ausgenutzt wurde. So richtig glücklich wurde ich mit diesem Auto nicht.

Kapitel 15

Welches Mädchen nimmt sich
einen Kranken zum Freund?

D as ist eine Frage, die sich wohl jeder ledige, schwerkranke Mann oder Junge stellt.

Auch ledige, kranke Frauen oder Mädchen werden sich diese Frage nach einem Freund stellen.

Es heißt ja so schön, für jeden Topf gibt es den passenden Deckel. Ich kann das für meine Person bestätigen, man muss nur hartnäckig danach suchen.

Aus eigener Erfahrung weiß ich, dass Frauen, die sich auf einen Kranken einlassen, sich auch vor der Gesellschaft oft genug dafür rechtfertigen müssen und gemobbt werden.

Ich war in dieser Zeit auf der Suche nach der Frau, die zu mir passt, die mich so nimmt, wie ich bin. Viele Mädchen kamen und gingen. Irgendetwas fühlte sich bei allen nicht richtig an.

Dann kam „Sie".

Sie hieß Sabrina und war ein Mädchen, das von einer Bekannten mit in die Diskothek gebracht wurde.

Sie war mir auf den ersten Blick unsympathisch.

Sie stand mir im Weg und ich muss zugeben, ich habe mich auch nicht wie ein Gentleman benommen. Halb besoffen, wie ich mal wieder schon früh am Abend war, kippte ich ihr ein alkoholisches Getränk über ihre weiße Bluse und schon war ich Sie los. Nur schade um den Drink.

„Sie" war noch nicht richtig weg und schon hatte ich sie vergessen.

Dachte ich.

Aber dieses Mädchen ging mir einfach nicht mehr aus dem Kopf. Vielleicht hatte ich auch ein schlechtes Gewissen.

Ständig musste ich an sie denken.

Ich war mittlerweile 20 Jahre alt und anscheinend setzte in meinem Kopf ein Umdenken ein. Ich schwor mir, die Vorgaben meines Vaters, was Frauen anging, nicht umzusetzen.

Ich wollte immer das Gegenteil von dem tun, was mein Vater für gut hielt.

Ich fing an, nach dem Mädchen zu suchen. Jede Diskothek wurde von mir auf der Suche nach ihr regelrecht durchkämmt, aber es dauerte trotzdem ein halbes Jahr, bis ich Erfolg hatte.

Eines Tages traf ich sie wieder und dieses Mal zeigte ich mich von meiner guten Seite. Später stellte sich heraus, dass sie an diesem Abend zum ersten Mal wieder ausging - zum ersten Mal nach unserem, nicht gerade gelungenen, ersten Aufeinandertreffen. Ich hätte sie also gar nicht früher treffen können.

Eine Einladung zum Kaffee nahm Sabrina an und aus einer Tasse Kaffee wurden mehrere und aus einer halben Stunde, für die wir uns bei unseren Freunden abgemeldet hatten, wurden etliche Stunden. Die Zeit verging wie im Flug und wir quatschten uns fest. An diesem Abend sprach ich über vieles, aber meine Krankheit erwähnte ich nicht. Ich hatte Angst vor dem, was passieren könnte, wenn ich so früh solche intimen Dinge ansprach; doch nach diesem Abend wusste ich, dass sie die Frau fürs Leben, die Frau für mich war.

Ich musste bei ihr etwas anders machen, als bei ihren Vorgängerinnen. Ich wusste auch aus Erfahrung, dass ich nun bezüglich meiner Krankheit mit offenen Karten spielen sollte. Allerdings hatte ich große Angst vor der Reaktion, die auf mich zukommen würde.

Wie sollte ich das anpacken?

Meine Ängste und schlaflosen Nächte waren total unbegründet. Die Gelegenheit, sie über meine Probleme aufzuklären, kam schnell.

Wir waren beide nicht der Typ Mensch, die bei der ersten Gelegenheit miteinander in die Kiste springen. Also redeten wir viel und ich nutzte schon bald die Gespräche, um meinen ganzen Mut zusammen zu nehmen und sie über meine Krankheit, die Durchfälle und das, was da an meinem Hintern war, zu informieren.

Sie hörte mir aufmerksam zu und sagte mir sofort, dass es für sie kein Problem sei, wenn ich krank wäre.

Meine Ängste, meine Scham, alles war bei ihr nicht nötig. Ich konnte offen und frei reden und es tat so gut!

Ich schilderte ihr auch einige der Vorfälle, die meine Jugend mitbestimmten.

Eines Tages fragte sie mich, ob ich mich denn nicht für meine leibliche Mutter interessiere. Natürlich wollte ich damals wissen, wie es meiner Mutter ging, was für ein Mensch sie war und wo und wie sie lebte.

Das Problem war nur mein Vater, der niemals toleriert hätte, dass ich Anna treffe, solange ich in meinem Elternhaus wohnte. Auch wenn ich ihm gesagt hätte, dass ich einfach nur wissen möchte, wer sie ist und ihr nichts über ihn erzählen würde, er hätte mir zutiefst misstraut.

Ein weiterer Vorschlag meiner Freundin war, dass ich das teure Auto verkaufen sollte, dann könnte ich auch mein Elternhaus verlassen und mir eine eigene Wohnung mieten. Dieser Vorschlag gefiel mir sehr.

Plötzlich hatte ich unerwartet eine neue Perspektive, um ein anderes Leben zu beginnen. Ich wollte alles dafür tun und hatte ein weiteres Mal großes Glück.

*

Kaum ein halbes Jahr, nachdem wir unseren ersten Kaffee zusammen getrunken hatten, ergab sich mir die Gelegenheit, eine Einzimmerwohnung in einem anderen Ort zu mieten. Ich nutzte sie sofort.

Zuerst musste ich allerdings meine Eltern fragen, ob ich mein Jugendzimmer mitnehmen durfte. Also stellte ich die beiden vor vollendete Tatsachen und sagte ihnen, dass ich ausziehen werde, den Mietvertrag hätte ich schon unterschrieben. Mit Widerwillen stimmte meine Stiefmutter zu, dass ich wenigstens mein Bett, den Kleiderschrank sowie den Bücherschrank mitnehmen durfte. Wäre es alleine nach dem Willen meiner Stiefmutter gegangen, hätte ich nichts davon bekommen.

Sie machte mir tatsächlich noch Vorwürfe, weil ich so plötzlich ausziehe, ich hätte es bei ihnen doch so gut.

Gibt es eigentlich eine Steigerungsform von Gemeinheit?

Meine Stiefmutter hat bei meinem Auszug sogar geweint, aber dies waren Tränen des Zorns. Hatte sie doch soeben ihre billige Arbeitskraft verloren.

*

Sabrina hatte mit ihren Eltern auch große Probleme, was uns weiter belastete. Bei meinen ersten Kontakten mit meinen zukünftigen Schwiegereltern hatte ich einen guten Eindruck von beiden gewonnen. Der sollte sich schnell ändern. Anfangs war alles harmonisch, doch eines Abends vergaß ich meine Brieftasche bei ihnen in der Wohnung. Außer meinen Papieren und einem geplünderten Sparbuch befand sich in der Tasche auch der Kreditvertrag für das

Auto. Die Stimmung schlug sofort um, als ich am nächsten Tag die Brieftasche abholte. Sabrinas Vater hatte sie gefunden. Er übergab sie mir mit den Worten: »Das hast Du hier liegen lassen. Keine Angst, ich habe nicht rein geschaut.« Sein Blick und sein Tonfall überzeugten mich vom Gegenteil.

In den nächsten Tagen und Wochen wurde mir klar, was Sabrina für ihre Eltern war – eine Arbeitskraft. Als sie gerade in der 8. Klasse war, wurde sie gezwungen, die Schule zu verlassen und in einer Hemdenfabrik zu arbeiten. Sie hatte zwar ihr eigenes Konto, durfte allerdings nicht über ihren Lohn verfügen. Der wurde von ihrer Mutter einkassiert. Nun erklärte sich auch, warum Sabrina so selten ausging. Das Geld für einen Diskobesuch oder für Zigaretten musste sie sich bei ihrer Mutter erbetteln.

Wenn Sabrina von der Arbeit nach Hause kam, dann musste sie ständig im Haus putzen und andere Arbeiten verrichten. Zeit für sich blieb ihr fast keine. Auch ihre Schwester litt unter dieser Herrschaft der Eltern.

Man muss auch bedenken, dass Sabrina zu dem Zeitpunkt, als wir uns kennenlernten bereits volljährig war. Auch sie konnte nicht auf eigenen Beinen stehen, weil es ihr von ihren Eltern unmöglich gemacht wurde. Sie durfte den Führerschein machen und bekam „großzügigerweise" ein Auto. So stellten es ihre Eltern dar. Später erfuhr ich, dass Sabrina alles selbst über einen Kredit finanzieren musste. Das Auto durfte sie nur für die Fahrt zur Arbeit und für die Sonntagsausflüge der Eltern benutzen, da die beiden keinen Führerschein hatten.

Auch Sabrina wurde von ihrer Mutter Gewalt angetan. Wenn etwas nicht ganz gesäubert war, oder sie zu spät von der Arbeit kam, bekam sie Schläge. Das alles kam mir sehr bekannt vor. Ich bat Sabrina, zu mir zu ziehen, um diesem Martyrium zu entkommen. Es konnte doch nicht sein, dass ich jetzt meinen Eltern entkommen war und nun mit Sabrina dasselbe erleben musste. Doch es war ihr noch zu früh.

Eines Sonntags fuhren wir mit ihren Eltern und ihren noch kleinen Geschwistern zu einem großen Jahrmarkt in der Stadt. Ihre Eltern trafen dort Bekannte und setzten sich mit ihnen in den Außenbereich, um etwas zu trinken. Sabrina und ich nutzten das schöne Wetter, um über den Markt zu schlendern und uns zu amüsieren.

Nach etwa einer Stunde gingen wir zurück zu Sabrinas Familie. Kaum waren wir dort angekommen, stand ihre Mutter auf und schrie uns an: »Wie könnt ihr es wagen, einfach weg zu gehen? So etwas erlaube ich nicht! Ihr hättet die „Kleinen" mitnehmen müssen!«

Mit diesen Worten holte sie aus und schlug mir ins Gesicht. Ich war geschockt und wusste nicht, wie ich reagieren sollte. Diese, für mich eigentlich fremde Frau, schlug mich vor ihrer Familie und ihren Bekannten in aller Öffentlichkeit ins Gesicht. Sabrinas Vater stand regungslos dabei, die Bekannten schauten schweigend zur Seite. Sabrina war ebenso schockiert wie ich. Die Wut stieg in mir hoch und bevor ich nur auf den Gedanken kam, zurück zu schlagen, drehte ich mich um und lief von dem Geschehen weg.

Nachdem ich mich weit genug entfernt hatte, überlegte ich, was ich tun sollte. Das Problem bestand darin, dass wir alle mit Sabrinas Auto gefahren waren. Nach Hause zu laufen war für mich in diesem Moment die einzige Möglichkeit, diesem Desaster zu entkommen. Ich wollte gerade losgehen und die 30 Kilometer in Angriff nehmen, als Sabrina mich fand. Sie hatte nach mir gesucht und überredete mich, mit ihr zurück zu gehen. Sie würde mich auf jeden Fall mitfahren lassen, im Notfall würde sie auch ihre Eltern aus dem Auto werfen.

Wir gingen zurück. Ihre Eltern saßen da, lachten und taten, als wäre nichts passiert. Als wir zu Hause waren, sagte ich Sabrina, dass ich ihr Elternhaus vorerst nicht mehr betreten würde. Das verstand sie sofort und entschuldigte sich mehrfach für den Ausraster ihrer Mutter.

Ein paar Tage später klingelte es. Ich öffnete die Tür und Sabrina stand vor mir, tränenüberströmt, mit zwei vollgepackten Plastiktüten in der Hand. Ich nahm sie sofort in die Arme und tröstete sie. Nachdem Sabrina sich wieder etwas beruhigt hatte, erzählte sie mir, dass es wegen mir wieder zum Streit gekommen war und ihre Mutter sie erneut geschlagen hätte. Sabrina hatte nun endlich genug von diesen Gewaltausbrüchen und wollte sofort zu mir ziehen, worüber ich mich sehr freute.

*

Die nächsten Tage waren hart. Immer wieder bekam meine Freundin Weinkrämpfe. Sie hatte allerdings auch große Angst davor, noch einmal in ihr Elternhaus zurück zu kehren. Es ließ sich aber nicht vermeiden, da sie weitere Kleidungsstücke und ihre Papiere holen musste. Ich bot ihr an, sie zu begleiten.

Dann kam der Tag, an dem wir mental in der Lage waren, uns der Situation zu stellen.

Wir fuhren zu ihrem Elternhaus. Während Sabrina gleich nach oben ging, um ihre Sachen zu holen, traf ich in der Küche auf ihren Vater.

»Na, Du elender Dreckspatz. Hast Du jetzt meine Tochter zu Dir geholt, damit sie Deine Schulden abbezahlen kann?« Ich hatte schon so etwas erwartet, aber nicht die Ohrfeige, die ich dann von ihm bekam. In diesem Moment kam auch seine Frau dazu und wollte ebenfalls auf mich losgehen. Ich drehte mich weg und griff nach einem Brotmesser, das in der Spüle lag.

»Noch ein Schlag und ich steche zu«, rief ich, an beide gerichtet. Sie wichen sofort zurück und beschimpften mich aus sicherer Entfernung. Sabrina kam mit ihren Sachen die Treppe herunter und wir verließen fluchtartig das Haus, immer mit einem Blick nach hinten.

*

Es dauerte Wochen, bis wir uns von diesem Vorfall erholt hatten.
Erst dann wurde uns bewusst, dass wir richtig gehandelt haben. Wir beide waren zum ersten Mal im Leben richtig glücklich.

Das Auto habe ich mit hohem Verlust verkauft und das Geld dazu benutzt, unsere Wohnung einzurichten und mir ein kleines, billiges Auto anzuschaffen.

Da wir beide berufstätig waren, reichte unser Geld zum Leben, trotz der hohen Schulden.

*

Der Gesichtsausdruck meines Vaters, als er mich zum ersten Mal mit meinem Kleinwagen sah, diesen Gesichtsausdruck werde ich nie vergessen. Er war geschockt. Was hatte ich mir nur erlaubt? Einfach das Auto zu verkaufen, das er mir aufgeschwatzt hatte.

Dann erfuhr er auch noch, dass ich, mit Unterstützung meiner Freundin, meine leibliche Mutter aufgesucht hatte. Von diesem Tag an ließ er meine Freundin seinen ganzen Zorn spüren.

Sabrina war nun die Böse, die seinen Sohn auf Abwege gebracht hatte und sie bekam seinen Hass und seine Häme von nun an immer wieder zu spüren. Dies änderte sich bis zu seinem Tod nicht mehr.

*

Wir hatten nun unser Zimmer eingerichtet, aber es war zu klein, um ein großes Bett darin zu platzieren. Als jung verliebtes Pärchen war es für uns kein Problem, zusammen in einem 80 Zentimeter breiten Jugendbett zu schlafen.

Zu der Wohnung gehörten eine kleine Küche und ein Bad mit Dusche. Es war alles da, was wir zum Leben brauchten. Zum ersten Mal waren wir auf uns selbst angewiesen. Kochen, Waschen und all die alltägliche Arbeit gingen uns leicht von der Hand.

Nach einem Jahr, an Sabrinas Geburtstag, verlobten wir uns. Es war eine kleine Feier in der engen Wohnung, doch es war bis dahin unser schönster Tag.

Alles war gut.

Die großen Probleme begannen mit dem nächsten Abszess.

Kapitel 16

*»Unsere Mutter ist ein herzloser
und berechnender Mensch!«*

Zitiert aus einer Mail meiner Halbschwester Paula.

Von meiner Stiefmutter habe ich ja schon einiges berichtet.

Da gab und gibt es aber noch meine leibliche Mutter. Ihr ist dieses Kapitel gewidmet.

Ich habe Ihnen schon erzählt, dass meine Mutter plötzlich wieder Interesse an mir zeigte, als ich 7 oder 8 Jahre alt war. Ich weiß noch, dass sie mich ab und zu abholte und ich einige Tage bei ihr und ihrem Mann verbrachte. Da war dann auch ein Kleinkind, das mir als meine Schwester Paula vorgestellt wurde.

Ich durfte dort in einem kleinen Hinterhof spielen und einmal verbrachte ich auch Weihnachten bei meiner Mutter.

Von diesen Aufenthalten habe ich sogar heute noch Bilder.

Nach dem erwähnten Ärger mit meiner Stiefmutter und dem Auftrag meines Vaters, meine Mutter auszuhorchen und alles zu berichten, wurde ich immer seltener abgeholt. Irgendwann zu dieser Zeit tauchte meine Mutter nicht mehr auf.

Keine entspannten Tage ohne Geschrei und Prügel mehr.

Wenn ich nachfragte, warum sie denn nicht mehr kommt, sagten meine Eltern, dass sie mich nicht mehr haben will.

Ich kann es heute noch kaum glauben, aber mit dieser Behauptung hatten sie tatsächlich Recht.

Mir sollte das erst Jahre später bestätigt werden.

*

Nach meinem Auszug aus dem Elternhaus im Jahr 1981 war ich endlich mein eigener Herr. Jetzt konnte ich auch nach meiner leiblichen Mutter suchen. Ich wusste noch genau, wo sie damals gewohnt hatte, kannte die Adresse auswendig. So habe ich mich eines Tages ins Auto gesetzt und bin zu dieser Adresse gefahren.

Heftiges Herzklopfen begleitete meine Schritte, als ich den Hof betrat. Auch mein Darm meldete sich nach längerer Ruhezeit wieder zu Wort.

Die Enttäuschung kam, als ich den Namen auf dem Klingelschild las. Dort stand ein mir fremder Name. Ich habe trotzdem geklingelt und eine Frau öffnete mir.

Sie war sehr nett und wusste von meiner Mutter. Sie kannte meine Mutter nicht persönlich, konnte mir aber einen Hinweis geben, wie ich ihre jetzige Adresse erfahren konnte.

Auf ihren Rat hin ging ich als nächstes zum Meldeamt im Rathaus ihres ehemaligen Wohnortes. Eine freundliche Dame gab mir, nachdem ich etwa eine halbe Stunde gebettelt und auf die Tränendrüsen gedrückt hatte, tatsächlich eine Anschrift in einer etwa 50 Kilometer entfernten Stadt.

*

Ich fragte Sabrina, ob sie mitfahren wolle. Sie sagte sofort zu. Am darauf folgenden Wochenende fuhren wir zusammen zu der von mir erbettelten Adresse. An dem Haus angekommen, die nächste Enttäuschung. Ein riesiger Wohnblock, aber der Name war auf keinem Klingelknopf vermerkt.

Wir fuhren zum nächsten Telefonhäuschen und stöberten im Telefonbuch des Ortes. Da stand tatsächlich der Name mit einer neuen Adresse.

Wieder stiegen wir ins Auto und suchten dieses Haus. Dort angekommen öffnete uns auf unser Klingeln ein hübsches Mädchen von etwa 14 Jahren. Das musste meine Halbschwester sein. Ich konnte es kaum fassen.

Nach kurzem Zögern fragte ich sie, ob ihre Mutter da sei. Das Mädchen verneinte, sagte aber, dass ihre Eltern beim Fußballspiel wären und sicher bald heim kommen würden.

Ich verabschiedete mich, mit der Bitte, ihrer Mutter zu sagen, dass Jochen dagewesen sei. Sie sah mich erstaunt an und nickte. Ich sah sofort, dass sie von mir wusste, traute mich allerdings nicht, sie darauf anzusprechen.

Wir beschlossen, zu warten und gingen in der Stadt spazieren. Nach einer guten Stunde kehrten wir wieder zu dem Haus zurück.

Kurz bevor wir die Haustür erreichten, kamen ein Mann und eine Frau auf uns zu gelaufen. Ich erkannte die Frau sofort.

Etwas flau im Magen war mir schon, als ich sie fragte, ob sie Anna Gerber sei.

Sie schaute mich erstaunt an, aber ihr Begleiter flüsterte: »Das ist doch Jochen?«

Na toll, er hatte mich sofort erkannt, sie zweifelte noch.

Dann sagte sie etwas distanziert: »Kommt, wir gehen nach oben«.

Etwas enttäuscht folgten wir ihnen. Sie hatten eine schöne Wohnung an der Hauptstraße der Stadt gemietet. Irgendwie hatte ich kein gutes Gefühl. Hatte ich doch einen Fehler begangen? Wäre ich besser nicht zu ihr gefahren? Diese Gedanken durchströmten meinen Kopf.

Nachdem sie uns die Wohnung gezeigt hatten, saßen wir längere Zeit in der Küche zusammen und unterhielten uns.

*

Meine Mutter erzählte, sie beide hätte immer damit gerechnet, dass ich eines Tages vor der Tür stehe. Sie hätte auch ihren Kindern erzählt, dass es da noch einen Bruder gäbe.

Kindern?

Ja, sie hatte noch einen Sohn bekommen, Peter, der für sie, laut ihrer eigenen Aussage, ein Ersatz für mich gewesen sein soll! Sie wollte ja schon immer einen Jungen haben.

Ich war sprachlos.

Sie erzählte auch, dass sie mich plötzlich nicht mehr abgeholt hatte, weil ihr der Ärger mit meinem Vater zu viel gewesen war.

Heute denke ich, na ja, sie brauchte mich nicht mehr, sie hatte ja einen Ersatz für mich in die Welt gesetzt.

Meine Mutter erwähnte auch, dass sie sich damals hatte scheiden lassen müssen, sonst hätte sie das Martyrium nicht überlebt. Mein Vater hätte sie misshandelt und eingesperrt, also musste sie förmlich fliehen.

Sie hatte sämtliche Unterlagen von damals aufgehoben und zeigte sie mir bei einem späteren Treffen. Darin gab es leider nichts Neues für mich zu erfahren.

Ich war einfach erst einmal glücklich, dass der Kontakt zu meiner Mutter wieder hergestellt war, machte mir aber auch Gedanken über ihre Art, mit mir zu reden. Sie hatte eine sehr einnehmende Art und konnte sehr gut Menschen manipulieren, was ich in meiner Euphorie vorerst nicht bemerkte.

*

Einige Jahre lang hatten wir einen ziemlich engen Kontakt, trafen uns oft und fuhren sogar gemeinsam in Urlaub. Wir waren einige Male in Ost-Berlin bei meiner sogenannten Tante und deren Familie. Lotte war die Pflegeschwester meiner Mutter und eigentlich nicht mit mir verwandt. Trotzdem wurden wir auch dort freundlich aufgenommen, wir brachten ja immer viele Sachen aus dem Westen mit. Zu dieser Zeit erfuhr ich, was mich als Bürger der DDR erwartet hätte.

Die Angst war allgegenwärtig. Walter, der Ehemann von Lotte instruierte uns gleich bei unserer Ankunft.

»Ihr dürft bei uns zwar auf den Balkon, aber schaut ja nie nach rechts, da ist das Stasi-Gebäude. Auf keinen Fall dürft ihr Fotos machen, sonst landen wir alle im Knast.«

Wir hatten zwar schon davon gehört und gelesen, aber dass es so schlimm sein sollte, war uns nicht bewusst.

Überall auf den Straßen war die Angst zu spüren. Die Leute gingen teilnahmslos an uns vorbei, niemand grüßte zurück. Mir wurde bewusst, dass sie uns schon alleine an unserer Kleidung als „Wessis" erkannten. Niemand wollte gesehen werden, wenn er mit einem Westdeutschen sprach.

»Du darfst hier nicht jeden grüßen, das könnte Dir falsch ausgelegt werden«, sagte Lotte zu uns. Wir waren erstaunt, kannten wir es doch vom Westen ganz anders.

Wenn wir in eine Gaststätte gingen, mussten wir an der Tür warten, bis uns ein Kellner „platziert" hat. Auch wenn viele Tische leer waren, man durfte sich nicht einfach an irgendeinen Tisch setzen.

Die Lebensmittelgeschäfte waren eine einzige Müllhalde. Die Waren, wenn sie denn verfügbar waren, wurden lieblos auf dem Boden gestapelt. Aufgerissene Mehlpackungen lagen überall herum. Die Kassiererinnen waren äußerst unfreundlich, wenn sie bemerkten, dass wir Wessis waren.

Auf der Rückfahrt aus Berlin wurden wir streng überwacht, ohne es zu bemerken. Es fiel uns erst auf, als der Mann meiner Mutter auf einem Parkplatz anhielt, um sich zu erleichtern. Der Parkplatz war leer, niemand war zu sehen. Eberhard stellte sich an einen Baum und verrichtete sein Geschäft. Er war noch nicht fertig, schon standen zwei Volkspolizisten hinter ihm. Keiner von uns sah sie kommen, es ist mir heute noch ein Rätsel, wie die beiden so ungesehen auftauchen konnten. Sein Wild-Pinkeln kostete Eberhard satte 20 DM, was damals sehr viel Geld war.

Am Grenzübergang wurden wir genauestens kontrolliert und wir waren heilfroh, als wir wieder in der BRD waren.

Zwei Mal haben wir diese Besuche mitgemacht, dann kam plötzlich keine Einladung mehr.

*

Jahre später erzählte uns meine Mutter eine ungeheuerliche Geschichte. Der Mann ihrer Pflegeschwester sei ein Kinderschänder. Man hätte ihn mit einem dreijährigen, nackten Mädchen erwischt, sein Gesicht in dessen Schoß vergraben.

Ich war schockiert und fragte, ob er denn angezeigt wurde. Meine Mutter wich aus und sagte mir, dass das schon geregelt werde. Ich glaubte ihr und dachte, dass dieser Mann wohl für immer in Bautzen untergebracht worden war.

Heute bin ich mir nicht sicher, ob irgendetwas davon der Wahrheit entsprach.

Der einzige Zweck dieser Anschuldigung war möglicherweise der, dass wir dorthin keinen Kontakt mehr haben sollten.

*

Ungefähr zum selben Zeitpunkt erzählte uns meine Mutter, dass ihr Mann bei einer Kur eine andere Frau kennen gelernt habe und sie, meine Mutter, möglicherweise verlassen würde.

Wir sollten dies aber für uns behalten, sie habe uns das im Vertrauen gesagt.

Unser Versprechen, so zu tun, als wüssten wir nicht, dass ihr Mann fremdging, führte dann auch zum kompletten Bruch.

Ihr Mann bezichtigte uns bei ihrem letzten Besuch, seine Geldbörse entwendet zu haben. Ebenso, dass wir von seiner Liebschaft wüssten, warf er uns vor. Streitereien bis hin zu Wutausbrüchen und Gewaltandrohungen bestimmten lange den Abend. Ich bat die beiden höflich, gleich am nächsten Morgen abzureisen. Die Geldbörse fand Eberhard übrigens in einem Spalt im Polster unserer Couch. Sie war ihm wahrscheinlich einfach aus der Hose gerutscht – oder sie wurde dort versteckt, um einen Streit zu provozieren.

Danach war Funkstille – vorerst.

Wieder einmal war ich benutzt worden und das auf eine so subtile Art, dass ich es erst sehr spät bemerkt habe.

*

Jahre gingen ins Land und wir hatten keinen Kontakt mehr, bis plötzlich an meinem 45. Geburtstag das Telefon klingelte und meine Mutter in der Leitung war.

Sie gratulierte mir und fragte mich, ob sie mit mir reden dürfe. Ich sagte zu und sie begann mit belanglosem Gerede.

Nach kurzer Zeit wurde sie konkreter und erzählte, dass sie ihre Mutter, meine leibliche Oma, bei sich aufgenommen hätte. Ich hatte diese Frau bis dahin nur ein einziges Mal in meinem Leben gesehen.

Ich erfuhr nun, dass meine Oma pflegebedürftig sei und von Anna gepflegt wurde.

Dann kam meine Mutter zum wahren Zweck ihres Anrufes. Tatsächlich hatte sie mich nur angerufen, um mich mal wieder zu benutzen.

Sie jammerte mir vor, dass sie und ihr Mann (sie hatte sich mit ihm versöhnt) endlich mal wieder in Urlaub fahren wollten. Nun wüssten sie nicht, wohin mit der Oma. Ins Pflegeheim wollte die alte Dame nicht gehen, da sie dort nur Fremde um sich hätte.

Komisch, mich kannte sie ja auch nicht, wieso sollte das bei mir anders sein?

Nun war klar, was meine Mutter vorhatte. Wir sollten die Oma zu uns nehmen, aber diesen Zahn habe ich ihr äußerst schnell gezogen. Ich sagte ihr, dass ich mich nicht mehr von ihr für ihre Zwecke missbrauchen lassen würde und bat sie, mich nicht mehr anzurufen.

Seitdem habe ich mit meiner Mutter nicht mehr gesprochen, ich habe allerdings erfahren, dass meine Oma doch ins Heim musste und sie nach der Rückkehr meiner Mutter aus dem Urlaub gestorben ist.

Im Jahr 2008 bekam ich für kurze Zeit Kontakt mit meiner Halbschwester Paula. Wir fanden uns über die Plattform „WKW", einen Vorgänger von Facebook.

Paula schrieb mir, dass mein Halbbruder Peter ausgewandert sei und sich nicht mehr um die Eltern kümmere. Meine Halbschwester konnte nach jahrelangen Panikattacken und immerwährender Opferrolle einfach nicht mehr und zog auch weg. Nur nicht weit genug.

Da sie als einzige von uns Kinder hat, muss sie immer wieder Besuche unserer Mutter ertragen, weil diese ihre Enkelkinder sehen möchte. Meine Schwester versucht allerdings, so wenig Kontakt wie möglich zu ihr zu halten.

Aus diesem Schreiben stammt auch das oben genannte Zitat.

Ich schrieb ihr noch einmal zurück, bekam jedoch überraschenderweise keine Antwort mehr.

Dann entdeckte ich, dass unsere Mutter im selben Netzwerk unterwegs war. Ich kann hier nur spekulieren, dass sie den Kontakt wohl geahnt hatte und eingeschritten war.

Mehr möchte ich über diese Frau, die mich geboren hat, nicht mehr schreiben, sie ist es einfach nicht wert.

Kapitel 17

»Vier Menschen sind tot bei lebendigem Leibe: Der Arme, der Blinde, der Aussätzige und der Kinderlose.«

Zitat aus dem Talmud

Ich bin nicht blind ...

Seit ich mit meiner Freundin zusammen lebte, lief gesundheitlich alles gut.

Natürlich hatte ich weiterhin ständig Durchfälle und die Fisteln schmerzten, aber es hielt sich alles in erträglichen Grenzen. Weiterhin stopfte ich mir Toilettenpapier in die Unterhose und wenn dann wirklich einmal etwas Eiter durch die Hose drang, dann machte ich mir nicht viel daraus und dachte mir: „So what?"

Meine Freundin sah darin überhaupt kein Problem. Wir waren glücklich. Sie hatte eine Arbeit, der sie gerne nachging und ich arbeitete im Schichtbetrieb, verdiente gutes Geld. Alles hätte so schön sein können.

Und dann kam dieser eine Tag.

Dieser verdammte eine Tag, an dem mein Hintern wieder dick wurde.

Die Schmerzen zentrierten sich neben dem Schließmuskel und strahlten von dort über den gesamten Hintern aus. Sitzen war fast unmöglich, beim Laufen scheuerte die Hose und ich lief, nein, ich schleppte mich vorwärts, als hätte ich zwei gebrochene Beine.

Ich war ständig mit schmerzverzerrtem Gesicht unterwegs und mir wurde von Bekannten, Freunden und Arbeitskollegen gesagt, ich solle doch nicht so böse schauen. Erwähnte ich dann meine Schmerzen war das jeweilige Gespräch sehr schnell beendet.

Lange hatte ich keinen Abszess mehr gehabt.

An den Ausgängen der Fisteln wuchs zwar ab und zu die Haut drüber, die konnte ich meistens mit den Fingernägeln öffnen und die Brühe lief wieder ab. Dieses Vorgehen tat zwar sehr weh, nur so konnte ich allerdings einen Klinikaufenthalt vermeiden.

Doch jetzt bildete sich ein besonderer Abszess.

Dieser lag sehr tief im Fleisch und so konnte ich ihn mit meinen bisherigen Methoden nicht öffnen.

Unser Bett wurde zu klein für uns beide, ständig hatte meine Freundin Angst, sie könnte mir während des Schlafes gegen den Abszess kommen, denn die leichtesten Berührungen ließen mich schreiend aufwachen. So kaufte ich mir eine Gartenliege und versuchte, darauf zu schlafen. Das misslang gründlich. Ich konnte auf diesem weichen Untergrund nicht schlafen.

Dann wechselte ich auf den Boden, aber auch das war keine Lösung mehr, die Schmerzen wurden trotz vieler Schmerztabletten einfach unerträglich.

Dann kam der Tag, an dem ich es nicht mehr aushielt.

Ich musste zum Arzt, etwas, das ich bisher vermieden habe, wann immer es möglich war.

Ich hatte mittlerweile auch meinen Hausarzt gewechselt und mein neuer Arzt schickte mich nach der Untersuchung in die chirurgische Aufnahme einer größeren Klinik. Es handelte sich dabei nicht um die Klinik, in der ich als Jugendlicher war. Ich dachte jedoch, das würde keinen Unterschied machen, Schmerzen blieben Schmerzen.

Es gab allerdings doch einen gewaltigen Unterschied und der hieß Vollnarkose.

*

Nach meiner Ankunft musste ich stundenlang in der Notaufnahme der Klinik auf einer harten Holzbank sitzen und darauf warten, dass ich aufgerufen wurde. Dauernd versuchte ich, eine Sitzposition zu finden, die erträglich war. Nach einer gefühlten Ewigkeit wurde ich in das Behandlungszimmer gerufen. Eine Ärztin sah sich meinen Hintern an und sah sich überfordert. Sie rief einen weiteren Arzt hinzu. Dieser sagte mir, dass ich wohl operiert werden müsse. Der tief liegende Abszess musste gespalten und austamponiert werden. Nach dem Gespräch wurde ich in ein Krankenzimmer gebracht.

Wir waren zu dritt in diesem Zimmer und ich traute mich nicht, meinen Bettnachbarn zu erzählen, warum ich hier war. Ich wollte mir die Frotzeleien einfach ersparen. Nachdem die beiden mir erzählt hatten, welche peinlichen Krankheiten sie hierher geführt hatten, erzählte ich es auch. Keiner frotzelte. Beide hatten genug mit sich selbst zu tun.

*

Nach einer Weile kam ein Narkosearzt zu mir und erklärte mir, dass ich während der Operation in der Narkose schlafen würde. Ich war erstaunt, wurden mir der Abszess damals doch ohne Betäubung oder Schmerzmittel aufgeschnitten.

Ein weiterer Arzt kam dazu und klärte mich über die weitere Vorgehensweise auf. Der Abszess würde tief aufgeschnitten und dann tamponiert werden. Danach müsse ich Sitzbäder machen und mit der Zeit würde die Wunde von innen heraus zuwachsen.

Das machte mir Hoffnung. Vielleicht hätte ich dann endlich Ruhe vor der siffenden Fistel.

*

Am selben Abend wurde ich schon in den Operationssaal gebracht und in Narkose versetzt.

Als ich nach der Operation aufwachte, hatte ich zwar Schmerzen, bekam aber umgehend ein Schmerzmittel.

An meinem Hintern spürte ich einen steten Druck. Dieser kam von der Tamponade, das heißt, die offene Wunde war mit Mull ausgestopft worden. Am zweiten Tag nach der Operation wurde die Tamponade entfernt. Das waren noch einmal starke Schmerzen, da die Tamponade im blanken Fleisch angetrocknet war. Nun machte ich nach jedem Stuhlgang Sitzbäder. Schon nach 8 Tagen konnte ich die Klinik verlassen und die Bäder zu Hause durchführen.

Bis zu diesem Zeitpunkt hatte ich noch nie von Sitzbädern gehört. Kein Arzt hatte diese Möglichkeit erwähnt oder mir verschrieben. Die Bäder mit Kamille, die ich im Krankenhaus machen musste, taten mir sehr gut, da sie auch schmerz- und entzündungshemmend waren.

Von nun an musste ich die Bäder mindestens zwei Mal täglich machen. Ein Problem, da wir nur eine Dusche hatten. Allerdings habe ich da ziemlich schnell Abhilfe geschaffen. Ich kaufte mir eine große Plastikwanne und saß von diesem Zeitpunkt an zwei bis dreimal täglich in dieser Wanne.

Natürlich war ich in dieser Zeit krankgeschrieben, ich konnte ja schlecht mit einem großen Loch im Hintern, das ich sehr sauber halten musste, arbeiten gehen. Es war mein erster Krankenschein und dann gleich 6 Wochen lang! Ich ahnte noch nicht, dass dies zur Normalität werden würde.

Zwischen 1981 und 1983 hatte ich drei weitere Kranken- hausaufenthalte, immer hatte ich irgendeinen Abszess oder eine nässende Fistel, die sich wieder verschloss. Mein körperlicher Zustand verschlechterte sich stetig.

Wir hatten in diesen Jahren viele Pläne, aber immer wieder funkte uns meine Krankheit dazwischen. Ich traute mich nicht mehr, meinen Arbeitgeber nach Urlaub zu fragen, da ich sowieso kaum noch arbeiten ging.

Im Spätjahr 1982 hatten wir großes Glück und konnten in eine schöne und helle Wohnung einziehen. Endlich waren wir aus diesem kleinen Zimmer heraus.

Im Sommer 1983 holte der Crohn zum großen Rundumschlag aus.

Kapitel 18

Der Schmerz vergeht nicht,
man lernt nur, mit ihm zu leben.

Unbekannt

Ich hatte in den letzten Monaten kontinuierlich an Gewicht abgenommen. Die Durchfälle wurden schlimmer. Blut und Schleim durchmischten den Kot. Das Essen, sofern ich es noch zu mir nahm, kam größtenteils unverdaut wieder zum Vorschein.

Die Bauchschmerzen hatten eine Stärke, als würde mir ein Messer in den Bauch getrieben, wieder und wieder. Ständig musste ich mich vor Schmerzen krümmen. Trotzdem versuchte ich, das alles so zu vertuschen, dass niemand etwas davon bemerkte. Darin war ich mittlerweile richtig gut. Die einzige Person, der ich nichts vormachen konnte, war Sabrina.

Die Entzündung wütete immer schlimmer in meinem Bauch, dazu kam, dass ich plötzlich ein ständiges Jucken an meinen Hoden verspürte. Auch schienen meine Hoden anzuschwellen.

Jetzt bekam ich zum ersten Mal richtige Angst.

Ich begab mich auf Drängen meiner Freundin zu einem Urologen in die Sprechstunde. Dieser tastete mich ab und äußerte seinen Verdacht, woher das Jucken kommen könnte.

Er meinte, bei meiner Vorgeschichte könnte sich eine Fistel durch die Leistengegend bis in meinen Hodensack vor-gearbeitet haben.

Der Urologe überwies mich zu einem Internisten. Auch er äußerte die Vermutung und wies mich zu weiteren Untersuchungen in eine kleine Klinik ein, in der er Belegarzt war.

*

Ich bekam ein Einzelzimmer mit Tapete an den Wänden, einem Fernsehapparat und der Boden war mit Teppich belegt. Schmerzmittel bekam ich per Infusion, wenn ich etwas trinken wollte, brauchte ich nur zu klingeln und eine nette Pflegerin brachte das Gewünschte. Ich hatte sogar ein eigenes Bad. Es war der reine Luxus.

Geweckt wurde ich frühestens um 8:30 Uhr, dann gab es Frühstück. Niemand stürmte morgens um sechs Uhr in das Zimmer und fragte laut: »Hatten sie schon Stuhlgang?«.

So wurden also schon damals schon die Privatpatienten untergebracht.

*

Nach mehreren Untersuchungen sprach der Internist mit mir.

Er sagte mir, dass er den Verdacht habe, der Morbus Crohn hätte auch auf meine Genitalien übergegriffen und das Jucken käme wohl von einer Fistel, die in den Hodensack führte. Damit bestätigte er die Vermutungen.

Ich befand mich im Schockmodus.

Eine Fistel, die in den Hodensack mündete - das hieß ja, mir liefen Eiter und Scheiße in den Sack! Die physischen Schmerzen waren passend dazu, wie meine psychischen Schmerzen waren, kann ich gar nicht beschreiben.

Meinem Internisten wurde die Sache nun zu heikel und er überwies mich in eine große Klinik in einer anderen Stadt. Dort wurde ich in einem klitzekleinen 2-Bett-Zimmer untergebracht. Kein Fernseher, kein Teppich, nicht einmal ein Waschbecken gab es in diesem Zimmer. Die Toilette auf dem Gang war vollkommen verdreckt und mit toten Insekten übersät. Ein Bad gab es nicht.

Selten wurde mir der Unterschied in unserer 2-Klassen-medizin so einprägend gezeigt.

Andauernd kamen die unterschiedlichsten Ärzte, die mich alles Mögliche zu meiner Krankengeschichte fragten. Etliche Röntgenuntersuchungen wurden gemacht, aber der Verdacht auf Darmfisteln erhärtete sich nicht. Zwischen meinen Beinen war plötzlich auch Ruhe, das Jucken hatte aufgehört.

Zwei Wochen lang wurde ich untersucht. Nichts wurde gefunden. In dieser Zeit bekam ich kaum etwas zu essen und künstliche Ernährung gab es auch nicht, jedenfalls nicht für mich. Ich magerte immer weiter ab und die Ärzte verzweifelten fast, da sie nichts bei mir finden konnten.

Ich sollte schon entlassen werden, als ein Arzt noch eine weitere Untersuchung machen wollte. Dabei handelte es sich um eine Röntgenuntersuchung nach „Sellink". Damit sollte man die Dünndarmschleimhaut besonders gut darstellen können. Fisteln und Entzündungen konnte man damit auch besser erkennen, als mit den bis dahin üblichen Methoden.

Da ich sowieso noch nüchtern und leer war, wurde die Untersuchung für den nächsten Morgen angesetzt.

Ich musste mich zur Vorbereitung auf den Röntgentisch setzen. Ein Pfleger kam und schob mir einen dünnen Schlauch durch Nase, Speiseröhre und Magen bis in den Dünndarm vor. Danach wurde mir eine Kontrastflüssigkeit durch den Schlauch in den Darm gepumpt. Ein starkes Völlegefühl und Schmerzen im Darm waren das Resultat.

Ich musste mich hinlegen und zu meinem Erschrecken wurde per Fernbedienung ein großes Metallstück, das einem riesigen Hammer ähnelte, auf mich herab gelassen. Dieses Teil war massiv und drückte mir fest auf den Bauch.

Ich hatte Angst, von diesem Röntgengerät zerquetscht zu werden, während der untersuchende Arzt außerhalb des Raumes hinter einer Glasscheibe stand. Niemals würde er rechtzeitig reagieren und mich unter dem Gerät hervorziehen können.

Was wenn die Fernbedienung versagte? Was wenn der untersuchende Arzt zu spät den Knopf drückte, der den Hammer stoppte? Diese Gedanken hatten mich fest im

Griff. Selbst heute denke ich noch mit gemischten Gefühlen an diese Art der Untersuchung.

Immer fester wurde das Teil auf meinen Bauch gedrückt. Ständig musste ich mich drehen und wenden, in andere Lagen begeben, damit auf den Röntgenbildern alle Teile des Darmes zu sehen waren.

Das Ergebnis war dasselbe wie bei den Untersuchungen vorher – nichts!

Der Arzt wollte die Untersuchung schon abbrechen, da kam ein weiterer Mann in den Untersuchungsraum und stellte sich als Professor vor, der an diesem Tag nur wegen mir in die Klinik gekommen war. Ich fragte mich, wieso er nicht von Anfang an bei der Untersuchung anwesend war. Dieser Mann wendete mich zwei Mal auf dem Tisch und schon hatte er den Ursprung meiner Probleme gefunden!

Wieder einmal war ich fassungslos. Gab es wirklich solche Qualitätsunterschiede unter den Ärzten, oder war es reines Glück?

Der Professor erklärte mir, dass im Terminalen Ileum (dem Übergang vom Dünndarm in den Dickdarm) eine Engstelle, eine sogenannte Stenose sei. Auch eine Fistel zwischen den

Darmschlingen habe er gefunden, durch diese sei mein ganzes Essen gewandert, deshalb kam mir auch vieles unverdaut aus dem Hintern.

All das müsse unbedingt operiert werden, sollte ich weiterleben wollen.

Natürlich stimmte ich der Operation zu.

*

Der Termin wurde festgelegt, ich musste noch drei Tage warten, dann würde ich operiert werden. Danach würde es mir sicher besser gehen.

Dachte ich, wieder einmal.

Zwei Tage vor der Operation schwoll mein Hodensack relativ schnell an und begann, fürchterlich zu schmerzen. Ein Urologe besah sich die Sache und schickte mich in die Schmerzambulanz der Klinik. Dort sah sich ein sehr junger Assistenzarzt meine Hoden ebenfalls an und sagte mir, dass er mir nun eine Spritze gegen die Schmerzen geben würde. Mir war alles egal, ich wollte nur noch, dass diese elenden Schmerzen aufhörten. Der Arzt zog die Spritze auf und dann kam etwas, das später von anderen Ärzten als unmöglich bezeichnet wurde.

Anstatt das Schmerzmittel in die Vene zu geben, setzte der junge Arzt die Spritze knapp unter meinem Penis an und schob sie mir nach unten gerichtet in den Hodensack! Ich schrie kurz auf und dachte im ersten Moment, das war´s, der kastriert mich.

Keiner der Ärzte, denen ich später von der Sache erzählte, ausnahmslos keiner, glaubte mir. Das sei nicht möglich, dass ein Arzt so etwas macht.

Es ist möglich und ich bin der lebende Beweis.

Jedoch, nach kürzester Zeit ließen die Schmerzen nach!

Ich hatte tatsächlich keine Schmerzen mehr.

Eine ganze Stunde waren die Schmerzen weg, doch dann dachte ich, mir explodieren die Eier.

Der Hodensack schwoll zu nie gekannter Größe an. Später wurde ich darüber informiert, dass sich zu diesem Zeitpunkt angeblich die Fistel in den Hodensack geöffnet haben musste. Ich glaube, es lag eher an der Flüssigkeit, die mir der Arzt da hinein gespritzt hatte.

Der Hodensack füllte sich also mit Eiter und war bis zum Bersten angeschwollen. Ich glaube, ich brauche hier nicht mehr zu erklären, welche Schmerzen ich hatte.

Intravenös verabreichte Schmerzmittel brachten nur kurzzeitige Linderung und ich fieberte der Operation entgegen, bei der auch dieser Abszess gespalten werden sollte.

Am Abend vor dem Termin kam eine junge, hübsche Schwester und fragte mich, ob sie mich für die Operation vorbereiten dürfe, es sei kein männlicher Pfleger mehr da.
Ich wunderte mich, warum sie fragte und sagte zu.
Dann begann sie, meinen Oberkörper zu rasieren und am Unterbauch angekommen, bat sie mich, meine Unterhose herunter zu ziehen. Jetzt wurde mir klar, warum sie extra gefragt hatte. Natürlich mussten für diese Operation auch die Genitalien von den Haaren befreit werden. Ich habe keine Ahnung, für wen von uns beiden das peinlicher war.
Zum einen hatte ich da unten einen Hodensack, so groß wie ein Straußenei und dann musste ich auch noch meine Libido im Griff behalten, die sich trotz der Schmerzen rührte. Ganz ungeniert fasste mich die Schwester „dort unten" an und rasierte meine Problemzonen. Dann kam meine durchlöcherte Rückseite an die Reihe. Ich überstand die Prozedur ohne weitere Peinlichkeiten. Am nächsten Morgen ging es sehr früh in den Operationssaal.

Im Vorraum des Operationssaals wurde ich an etliche Geräte angeschlossen. Der Anästhesist erklärte mir, dass er mir zuerst ein starkes Beruhigungsmittel spritzen würde und wenn ich dann schlafe, dann käme die richtige Narkose.

Ich wollte noch ein paar Worte mit ihm wechseln, ihm noch einige Fragen stellen, aber er hatte mir das Beruhigungsmittel schon gespritzt und ich schlief sofort ein.

Das Erwachen kam und mit ihm die Schmerzen. Andere Schmerzen als diejenigen, die ich vorher hatte, aber genauso stark.

Die Schmerzen waren zuerst überall. Verschwommen sah ich, dass Schwestern um mich herum wuselten, ab und zu hatte ich ein Gesicht vor mir, das wieder im Nebel verschwand. Irgendjemand fragte mich, ob ich Schmerzen habe und ich bejahte. Kurz darauf ließen die Schmerzen nach. Die Zeit verging unglaublich langsam.

Irgendwann wurde ich informiert, dass ich auf der Intensivstation lag und noch mindestens drei Tage dort bleiben musste.

Langsam wurde ich klarer. Die Schmerzen waren nicht mehr am ganzen Körper, sondern konzentrierten sich auf die Wunde am Bauch. Beim ersten Pflasterwechsel konnte ich den Schnitt bewundern, der von knapp unterhalb meines Brustkorbes bis zum Schambein verlief.

Am nächsten Tag hörte ich laute Musik, die mir Kopfschmerzen verursachte. Ich rief nach der Schwester und diese erklärte mir, dass sie hier einen 12-jährigen krebskranken Jungen mitbetreuen müssten. Dieser wolle immer laut Musik hören und sie dürften ihm den Wunsch nicht abschlagen.

Kopfhörer hatte er nicht.

Toll für die anderen Intensivpatienten! Nun war ich natürlich in einem Zwiespalt.

Hier wurde gezielt mit dem schlechten Gewissen anderer Patienten gespielt. Ich durfte mich nicht mehr beschweren und auf meine Bitte, den Jungen zu fragen, ob er die Musik etwas leiser drehen könnte, ging die Schwester kopfschüttelnd aus dem Raum. Sie hatte kein Verständnis für meine Bitte. Sie lag ja auch nicht mit starken Schmerzen im Bett.

Die nächsten zwei Tage waren fürchterlich, ich fühlte mich, als wäre ich betrunken in einer Diskothek. Benebelt von den Schmerzmitteln und von lauter Diskomusik genervt. Ich konzentrierte mich nur noch darauf, so schnell wie möglich wieder fit zu werden, damit man mich auf die normale Station verlegen konnte und dieser Lärmterror dann endlich ein Ende hatte.

In meiner letzten Nacht auf dieser Station wurde es plötzlich laut. Es war allerdings keine Musik, die mich aus dem Schlaf riss.

Viele Personen riefen durcheinander. Das Licht wurde eingeschaltet und neben mir gab es hektische Bewegungen. Ein Bett wurde neben meines geschoben und einige Ärzte rannten um dieses Bett herum. Ich hörte Wortfetzen und ich konnte mir die Sache so langsam zusammenreimen.

Eine Schwester einer anderen Station desselben Krankenhauses hatte auf der Heimfahrt einen schweren Verkehrsunfall gehabt. Sie wurde in die Notaufnahme dieser Klinik eingeliefert und da alle Operationssäle belegt waren, musste sie hier, in der Intensivstation, operiert werden. Direkt neben mir wurde das Unfallopfer zusammengeflickt.

Nach einer Weile zog einer der Helfer den Vorhang zwischen unseren Betten zu, da er bemerkt hatte, dass ich zusah. Nach mehreren Stunden schienen es die Ärzte geschafft zu haben, jedenfalls weiß ich, dass die Schwester überlebt hat. Ich freue mich sehr darüber, konnte ich doch selbst zusehen, wie die Ärzte ein Leben gerettet haben.

Am nächsten Morgen durfte ich aufstehen und ein paar Schritte zu einem Waschbecken gehen. Die Schwester musste mich noch am Arm stützen, damit ich nicht stürzte. Dort angekommen, konnte ich mich hinter einem Vorhang endlich wieder selbst waschen.
Es ging bergauf!

Während ich mich wusch, kamen zwei Ärzte zur täglichen Visite in meinen Bereich. Sie unterhielten sich. Ich saß hinter dem Vorhang am Waschbecken und rührte mich nicht, denn was ich dort hörte, ließ mich erstarren.

Das Gespräch der beiden lief ungefähr so:
Arzt 1: »Wo ist denn der junge Patient, der die große OP hinter sich hat?«

Arzt 2: »Der soll heute auf die Normalstation verlegt werden, vielleicht ist er schon dort«.

Arzt 1: »Ich hab gehört, dass das ja ganz schön knapp bei dem war, da war ja sehr vieles zu machen«.

Arzt 2: »Ja, den hatten wir über 8 Stunden unterm Messer. Da musste ein großer Teil Darm raus, eine Fistel und Abszesse haben wir ausgeräumt und dann war ja noch der Hodenkrebs«.

Rums! Hodenkrebs?

Ich wollte gerade auf mich aufmerksam machen, da redeten die beiden weiter.

Arzt 1: »Das auch noch? Wie habt ihr denn den erkannt?«

Arzt 2: »Na ja, er hatte einen riesigen Hodenabszess und nachdem wir den geöffnet hatten, kam das Geschwür am Hoden zum Vorschein. Es war jetzt nicht allzu groß und wahrscheinlich wird da auch nichts mehr nachkommen«.

Die beiden Ärzte verließen den Raum, ich saß geschockt vor dem Waschbecken und hoffte, dass die Prognose, dass da „nichts mehr kommen würde", auch der Wahrheit entsprach.

An diesem Tag wurde ich wieder in das Zimmer auf der normalen Station zurück verlegt. Mittlerweile hatte ich einen neuen Zimmergenossen bekommen. Der Mann war ein türkischer Gastarbeiter. Als die Schwester, die mich in das Zimmer gebracht hatte, wieder gegangen war, schaute der Mann zu mir herüber. Da es sehr warm war, lag ich ohne Decke auf dem Bett und hatte nur eines dieser durchsichtigen OP-Höschen am Leib. Dadurch waren meine dick verbundenen Hoden zu sehen.

»Oh, Maschin' kaputt?«

Zuerst wusste ich nicht, was der Mann meinte. Dann begriff ich und musste trotz meiner Schmerzen laut loslachen. Wir lachten dann beide über den gelungenen Spruch. Ich hatte einen guten Zimmergenossen bekommen, mit dem ich noch viel Spaß haben sollte.

*

Einen Tag später kam der Professor, den ich schon von der Untersuchung kannte, zu mir und informierte mich darüber, was alles operiert worden war.

Wie ich schon ungewollt erfahren hatte, wurde ein größeres Stück Darm am terminalen Ileum, dem Übergang von Dünn- zu Dickdarm entfernt. Die Fistel zwischen den

Darmschlingen war nun weg und eine andere Fistel am Hintern wurde ausgeräumt und ein Faden durch den Rest gezogen. Das kannte ich ja schon.

Nach diesen Informationen kam der Professor auf den Hodenabszess zu sprechen.

Er sagte mir, dass sich der operierende Arzt vor mich hingesetzt hätte und als er das Skalpell durch die Haut geführt habe, sei ihm der Eiter ins Gesicht gespritzt. Der Professor erzählte mir das auch in einem nicht gerade freundlichen Ton, er machte mich tatsächlich für den Vorfall verantwortlich.

Ich dachte, na toll, warum setzt der Arzt sich dann direkt davor? Jeder Laie hätte ahnen können, dass das Zeug unter Druck raus spritzt. Nun sollte ich daran schuld sein? Mir fehlten die Worte und mein Kopf wurde sowieso nur von einem Gedanken beherrscht. Was war mit dem Krebs?

Dann ging der Professor aus dem Zimmer, ohne etwas vom Hodenkrebs zu erwähnen oder auch nur anzudeuten. Ich wusste, die beiden Ärzte auf der Intensivstation hatten sich eindeutig über mich unterhalten. Nun fiel dieses Thema komplett unter den Tisch! Ich hatte Angst, den Professor darauf anzusprechen, Angst vor dem, was er antworten würde.

So beschloss ich, niemandem etwas von meinem Wissen zu erzählen. Viele Jahre behielt ich mein Geheimnis für mich.

*

Der weitere Heilungsprozess verlief relativ komplikationslos. Ich hatte nun eine große Narbe vom Brustbein bis zum Schritt, aus meinem Hintern hing erneut ein Faden, eine große Wunde vom Abszess zierte mein rechtes Hinterteil und aus meinem Hodensack lugte ein Plastikröhrchen, das als Drainage diente.

Ansonsten hatte ich keinerlei Probleme.

Erst einige Jahre nach der Operation sollte ich erfahren, dass der Hodenabszess und der leichte Hodenkrebs mich unfruchtbar gemacht hatten.

Mein Darm und diese beschissene Krankheit hatten mir einen weiteren Teil meines Lebens genommen.

Kapitel 19

»Wen Gott liebt, den züchtigt er.«

Hebräer 12,6

Nun hatte ich also meine erste große Operation überstanden. Nach insgesamt vier Wochen Klinikaufenthalt war ich wieder zu Hause. Die Narbe auf dem Bauch heilte sehr gut ab, das Röhrchen förderte kaum noch etwas, aber aus dem gespaltenen Abszess kamen weiterhin Blut und Eiter.

Sabrina war glücklich, dass ich alles gut überstanden hatte und dachte ebenfalls, dass es mir von nun an besser gehen würde.

Nach wenigen Tagen bekam ich ein Schreiben, in dem mir mitgeteilt wurde, dass ich eine AHB, eine Anschluss-Heilbehandlung machen müsse. Bei dieser sollte meine Arbeitsfähigkeit wieder zu 100 Prozent hergestellt werden.

Eine Woche, nachdem ich den Brief erhalten hatte, musste ich mich in einem kleinen Kurort im Hunsrück einfinden. Die AHB, mit dem Ziel, meine Arbeitsfähigkeit wieder herzustellen, sollte vier Wochen dauern.

Sabrina beantragte zwei Wochen Urlaub und wollte in dieser Zeit bei mir sein. Als meine Stiefmutter davon erfuhr, hängte sie sich sofort dran. Sie wolle auch mitfahren, denn dort wollte sie schon immer mal hin, da sei es so schön, schwärmte sie uns vor.

Sie drängte sich förmlich auf.

Wir hatten zum damaligen Zeitpunkt nichts dagegen, obwohl wir wussten, dass es schwierig werden würde.

Ich fuhr zu dem angegebenen Termin erst einmal alleine in den Kurort und organisierte zwei Einzelzimmer in einer günstigen Pension. Sabrina und meine Stiefmutter folgten ein paar Tage später.

An diesem ersten Tag stand die Aufnahme in der Kurklinik an. Ich wurde von einer Ärztin kurz befragt und flüchtig untersucht. Danach bekam ich meinen Kur-Plan. Darauf stand nur eine einzige Anwendung. Diese Anwendung nannte sich „Atemtechnik". Ich musste zweimal in der

Woche eine halbe Stunde teilnehmen. Natürlich fragte ich mich, was mir Atemübungen bringen sollten. Nach der ersten Trainingseinheit bemerkte ich, dass sich meine Narbenschmerzen besserten. Diese Übungen halfen mir wirklich und ich führe sie auch heute noch nach Operationen durch.

Der Rest meiner AHB bestand darin, Kalorien aufzunehmen. Das hieß konkret, bei jedem Mittagessen bekam ich die doppelte Menge der undefinierbaren Pampe auf den Teller geknallt. Mit diesem Essen alleine konnte man einfach nicht zunehmen. Als ich beim Frühstück und Abendessen nachfragte, ob ich noch ein weiteres Brötchen oder Brot bekommen könne, wurde mir dies verweigert. Als Begründung bekam ich zu hören, dass die Brötchen bzw. das Brot streng rationiert sei. Wie soll man da zunehmen?

Mir blieb nichts anderes übrig, als jeden Tag in einer der örtlichen Gaststätten essen zu gehen. Das ging natürlich richtig ins Geld und es wurden die teuersten vier Wochen meines Lebens.

Nach der ersten Untersuchung rief die Ärztin nach einer Schwester, die mich zu meinem Zimmer bringen sollte. Ich dachte an eine Krankenschwester, aber dann kam eine Nonne, die mir mein Zimmer zeigte. Da hatte ich den Salat, ausgerechnet diese Kurklinik wurde von Nonnen geführt. Ich hatte als Atheist, der ich nun mal bin, wieder voll in die Scheiße gelangt.

An diesem ersten Tag bekam ich auf drastische Weise gezeigt, dass das Gerede vom Kurschatten doch auf viel Wahrheit basiert. Ich hielt das immer für Geschwätz und Angeberei.

Nachdem ich mein Zimmer bezogen hatte, ging ich in den klinikeigenen Park. Dort kam ich mit einem anderen Patienten ins Gespräch und wir stellten fest, dass wir beide im selben Landkreis wohnten. So setzen wir uns auf eine Bank und unterhielten uns.

Kaum hatten wir Platz genommen, kam eine junge Frau und fragte uns, ob sie sich zu uns setzen dürfe. Wir hatten nichts dagegen. Die Frau hatte, nennen wir es mal starkes Übergewicht und trug, passend dazu, knallenge Leggins, durch die man alles sehen konnte - wirklich alles.

Irgendwie muss ich gerade wieder an die sehr ausgeprägten Kotflügel meiner Ente denken.

Kaum saß die Dame bei uns, begann sie, sich zwischen den Beinen zu reiben und sagte laut: »Ich glaub´, ich brauch was.«

Der andere Patient und ich sahen uns an, wir fingen an zu lachen, standen auf und gingen weg. Wir wissen natürlich bis heute nicht, was diese nette Dame brauchte, aber wenn es schon zwischen den Beinen juckt...

Wie konnten wir nur ein solch tolles Angebot ausschlagen!?

Es war echt unglaublich, welches Schauspiel sich jeden Sonntag abspielte. Wenn sich nachmittags der familiäre Besuch verabschiedete, dann standen die/der Geliebte schon hinter den noch zum Abschied Winkenden bereit. Kaum war das Auto der Verwandtschaft außer Sicht ging es zur Sache. Ich frage mich schon manchmal, wozu manche Menschen überhaupt heiraten und eine Familie gründen, wenn sie doch bei der ersten Gelegenheit alle moralischen Grundsätze über Bord werfen.

Ein weiterer interessanter Aspekt war der Zweck der Kurklinik. Diese Klinik diente eigentlich Alkoholikern zum Entzug.

Warum CED-Patienten wie ich hier untergebracht wurden, konnte mir niemand erklären. Meine Grunderkrankung war in dieser Klinik nie Thema. So wurden auch keine CED-spezifischen Anwendungen verordnet.

Es war unglaublich, wie viele der Alkoholiker auf Entzug abends sturzbetrunken aus den Büschen krochen. Wenn man in einer Gaststätte im Dorf ein Bier bestellte, wurde man schon schief angeschaut. Wahrscheinlich waren in den zwei Gaststätten des Dorfes alle Patienten der Klinik als Alkoholiker angesehen. Ich konnte es nach meinen bisherigen Erfahrungen verstehen.

Mit meinem Zimmernachbarn hatte ich großes Glück. Es war ein junger Mann, der auch an Morbus Crohn erkrankt war. Auch seine Erkrankung hatte bis dahin schon einen schweren Verlauf genommen. Wir waren auf einer Wellenlänge und es passte einfach. Dessen Freundin und spätere Frau kam nach ein paar Tagen zu Besuch.

Leider musste ich vor ein paar Jahren von seiner Frau erfahren, dass er sich das Leben genommen hat. Er kam mit der Krankheit einfach nicht mehr klar und sah keinen anderen Ausweg mehr, als von einem Hochhaus zu springen. Ich werde ihn nie vergessen.

Nun hatte ich mich eingelebt und es war fürchterlich langweilig, so ganz ohne meine Freundin. Dann kam sie endlich für zwei Wochen zu mir, aber sie hatte ja meine Stiefmutter im Schlepptau. Ich zeigte den beiden den Weg zu ihrer Pension, damit sie sich einrichten konnten. Natürlich meckerte meine Stiefmutter gleich los. Es sei so weit zu laufen, es sei zu teuer und überhaupt…

Die folgenden Tage verliefen ziemlich eintönig. Ich musste morgens in der Klinik bleiben und nach der Mittagsruhe, die strengstens überwacht wurde, trafen wir uns und unternahmen etwas gemeinsam. Abends gingen wir dann, nach dem streng limitierten Essen in der Klinik, noch in ein Gasthaus.

Das ging ein paar Tage gut.

Eines Abends ging ich alleine zur Klinik zurück, ich musste ja spätestens um 22 Uhr wieder in meinem Zimmer sein. Das wurde auch von den Nonnen kontrolliert. Meine Freundin und meine Stiefmutter blieben noch in der Kneipe, in der wir gegessen hatten. Ein Gast zeigte dann deutliches

Interesse an Sabrina. Die machte ihm aber klar, dass sie vergeben sei.

Meiner Stiefmutter schien dies gar nicht zu gefallen und sie versuchte tatsächlich, meine Freundin mit dem Mann zu verkuppeln. Nach diversen Überredungsversuchen wie: »Das ist doch ein toller Mann, der wäre doch etwas für Dich. Was willst Du denn mit einem Kranken?«, die natürlich alle im Sande verliefen,

Später ging meine Freundin mit meiner Stiefmutter in die Pension zurück und legte sich schlafen.

Irgendwann in dieser Nacht versuchte jemand in Sabrinas Zimmer einzudringen. Wir wissen nicht, wer es war. Allerdings erfuhren wir im Nachhinein, dass meine Stiefmutter diesem Typen in der Gaststätte tatsächlich die Zimmernummer meiner Freundin verraten hat. Meine Freundin erzählte mir leider erst viel zu spät von diesem Vorfall. Hätte sie es mir gleich erzählt, wäre ich wohl ausgerastet.

Am folgenden Wochenende kam mein Vater, um meine Stiefmutter abzuholen. Wir waren richtig glücklich, als die beiden endlich die Heimreise angetreten hatten.

Ich machte meine Atemübungen zwei Mal in der Woche, in der restlichen Zeit erkundeten wir nun gemeinsam mit meinem Zimmerkollegen und dessen Freundin die Umgebung und ließen es uns gut gehen.

Dann kam der Anruf.

Mein Vater rief mich an um mir mitzuteilen, dass mein Halbbruder einen schweren Motorradunfall gehabt hat. Er liege im Krankenhaus auf der Intensivstation und würde es wohl nicht überleben.

Ich war schockiert und wollte nur noch eines, nach Hause fahren und meinem Halbbruder, mit dem ich mich zu dieser Zeit gut verstand, beizustehen.

Also bin ich zur Klinikleitung gegangen und habe darum gebeten, mich für ein paar Tage freizustellen. Diese Bitte wurde rigoros abgelehnt. Ich war danach ziemlich niedergeschlagen. Nach diesem Gespräch traf ich im Aufzug auf eine Nonne, die mir ansah, dass es mir nicht gut ging. Sie fragte mich, was denn mit mir sei. Ich erklärte es ihr und bekam dann den Standardsatz zu hören.

»Beten sie doch einfach den Rosenkranz, der liebe Gott wird ihrem Bruder dann schon helfen«.

Meine Verzweiflung wich einer aufkeimenden Wut. Ich erklärte der Nonne, dass ich evangelisch sei und keinen Rosenkranz bete. Darauf antwortete sie mir schnippisch: »Ja, dann sagen sie eben drei „Vater unser" auf, vielleicht hilft Gott dann auch«.

Ich erwiderte: »Wenn es diesen, ach so gütigen Gott, wirklich gibt, warum lässt er dann so viel Elend auf der Erde zu? Und wieso hilft er dann nur vielleicht?«

Darauf bekam ich leider keine Antwort mehr, denn der Aufzug hatte sein Ziel erreicht und die Nonne stürmte durch die Aufzugtür nach draußen.

Sie können sich vielleicht vorstellen, welche Ausmaße die Wut in mir annahm.

Wieso hatte ich immer solches Pech mit dem Bodenpersonal dieses lieben Herrn im Himmel?

Es sollte nicht meine letzte Meinungsverschiedenheit mit einem Abgesandten Gottes sein.

Zugegeben, ich bin kein überzeugter Atheist, sondern eher Agnostiker. Ich glaube nicht an einen Gott, ich streite aber auch nicht ab, dass es ihn geben könnte. Ich weiß es einfach nicht. Ich glaube, dass diese Einstellung gesünder ist, als eine verbohrte Gläubigkeit, die die Evolution nicht hinterfragt und keine andere Meinung zulässt.

Andererseits, wenn ich an Darwin und seine Theorie von der Abstammung des Menschen vom Affen denke, kommen mir leise Zweifel. Es macht mich schon nachdenklich, dass der Mensch genetisch mehr mit den Schweinen als mit den Affen gemeinsam hat…

Jeden Tag kamen neue Reha-Patienten in der Klinik an, neue Gesichter, neue Schicksale. Eines Tages erkannte ich jemanden. Es war der Hausmeister meiner früheren Schule. Auch er kannte mich noch und ab und zu unterhielten wir uns. Seine Frau besuchte ihn an den Wochenenden und so ergab es sich, dass wir auch mit ihr redeten. Wir unterhielten uns unter anderem über meine Eltern. Da fragte mich die Frau, ob ich denn wüsste, welches Drama sich abgespielt hatte, als meine Stiefmutter noch nicht mit meinem Vater verheiratet war. Ich verneinte und hörte dann geduldig zu.

»Hilde war vor Deinem Vater mit einem anderen Mann zusammen, Heinrich. Es war angeblich die große Liebe und jeder in der Stadt dachte, dass die beiden heiraten werden. Irgendwie muss Heinrich erfahren haben, dass sich

Hilde auch mit Deinem Vater traf. Es gab wohl einige Streitereien und eines Tages lief Heinrich mit einem Revolver in der Hand durch die Stadt und suchte die beiden. Er fand sie aber nicht. Wahrscheinlich wusste er keinen anderen Ausweg. Jedenfalls ging er nach Hause und erschoss sich.« Ich war wieder einmal schockiert, wie so häufig in meinem Leben.

Nun bekamen die damaligen Vorwürfe unserer Nachbarin, ich sei schuld am Tod eines Menschen, eine Erklärung. Wenn es mir auch nicht logisch erschien, mich dafür verantwortlich zu machen, so hatte ich doch irgendwie Verständnis für die Frau, denn sie kannte Heinrich und mochte ihn. Nur ein Detail an dieser Geschichte stimmte nicht. Die Pistole gab es nie. Es war ein Messer und er hatte sich nicht erschossen, sondern erhängt. Aber das habe ich wiederum erst sehr viel später erfahren.

Ach ja, mein Halbbruder hat seine schweren Verletzungen überlebt. Ob ihm Gott oder die Gerätemedizin dabei geholfen haben? Ich wage es nicht zu beurteilen.

Nach vier Wochen hatte ich 10 Kilogramm zugenommen und die Ärztin freute sich, dass mir das Essen in der Klinik so gut bekam. Als ich ihr mitteilte, dass es sicher nicht am Klinikessen lag, schrieb sie mich umgehend gesund und ich sollte sofort wieder arbeiten gehen. Dass ich am Hintern noch eine große offene Wunde hatte, hat sie während meines ganzen Aufenthaltes nicht interessiert. Sie sagte mir, in dieser Klinik wäre man nur für meine Gewichtszunahme zuständig. Alles andere liege außerhalb ihrer Möglichkeiten. Ich ging als erstes zu meinem Hausarzt, zeigte ihm meinen Hintern und – ließ mich von ihm krankschreiben.

Kapitel 20

»Wer lieben kann, der liebt nur einmal im Leben.«

Unbekannt

Nun war es Spätsommer im Jahr 1983 geworden. Vor meiner Operation hatte ich meiner Freundin versprochen, sie im Jahr darauf zu heiraten, wenn ich die Operation überleben sollte. Ich hatte auch vor, in die Abendschule zu gehen, um mich auf die Prüfung zum Industriemeister vorzubereiten.

*

Nein, ich habe Sabrina keinen romantischen Heiratsantrag gemacht!

Für uns beide war eigentlich immer klar, dass wir irgendwann heiraten und Kinder haben würden. Also planten wir unsere Hochzeit für das Jahr 1984. Im Nachhinein denke ich, sie hätte auf jeden Fall einen romantischen Antrag verdient gehabt, bei allem, was sie mit mir durchgemacht hatte. Und bei allem, das noch kommen sollte.

*

Meine Freundin war katholisch und wollte auch unbedingt katholisch heiraten. Ich erkundigte mich zuerst, ob das überhaupt möglich war. Damals war das noch nicht so einfach, dass Katholiken mit einem evangelischen Partner von ihrer Kirche den Segen bekamen. Es war zwar möglich, aber wir mussten zu mehreren Gesprächen mit dem Pfarrer gehen.

Sie können sich sicher vorstellen, dass das für mich nicht einfach war. Der Pfarrer reagierte sofort ablehnend und verlangte von uns, dass wir von nun an immer in seine Kirche kommen müssten, wenn er uns trauen sollte. Er hätte uns hier noch nie gesehen. Ich hätte ja leicht sagen können, ich würde in die evangelische Kirche gehen.

Da ich ein wahrheitsliebender Mensch bin, tat ich es nicht, im Gegenteil, ich begann mit unserem Pfarrer eine Grundsatzdiskussion über Gott und die Evolution.

Ich habe ihm unter anderem gesagt, dass Gott für mich auch in der Natur ist, dass ich nur dort das Gefühl habe, da oben könnte etwas sein. Er meinte, das wäre nicht so, das Zwiegespräch mit Gott könne man nur in der Kirche führen. Daraufhin erwiderte ich, dass Gebete zu Hause oder anderswo laut seiner Aussage dann ja nichts bringen würden, wenn Gott uns nur in der Kirche zuhört.

Davon wollte er überhaupt nichts verstehen und verweigerte uns schlicht und einfach die Trauung.

Was hatte ich nun wieder getan?

Keine Trauung in unserer Kirche?

Ich hatte mich natürlich vorher schon kundig gemacht und noch einen Plan B in der Hinterhand. Wir wussten, wann unser Pfarrer in Urlaub ging. Das war stets im Juli. Zu dieser Zeit wurde er von einem Pfarrer aus dem Nachbarort vertreten. Dieser nahm es mit der Amtsausübung nicht allzu genau. Es gab sogar das Gerücht, dass er zu einer Beerdigung nicht erschienen war und schlussendlich von seinem Surfbrett geholt werden musste. Das Wetter war ihm einfach zu schön für Beerdigungen!

Also fuhren wir zu diesem Pfarrer und erklärten ihm, dass unser Hochzeitstermin in den Urlaub unseres heimischen Pfarrers fallen würde. Deshalb wollten wir ihn fragen, ob er unsere Trauung übernehmen könnte. Es gab keinerlei Probleme oder gar Fragen. Der Mann stimmte sofort zu, uns zu trauen.

Da war ich ja wieder einmal davon gekommen...

*

Nun stand also unser Hochzeitstermin, mitten in der Ferienzeit. Die Hochzeitsreise sollte zwei Wochen dauern und nach Italien gehen. So hatten wir es uns vorgestellt. Etliche Hindernisse mussten dafür noch aus dem Weg geräumt werden.

Von einigen dieser Probleme möchte ich hier berichten.

Zum einen gab es da meinen Arbeitgeber.

Durch die häufigen Fehlzeiten wegen meiner Krankheit hatte ich nicht das beste Verhältnis zu meinem Vorgesetzten. Auch von ihm wurde ich schon als „Zu faul zum Arbeiten" tituliert.

Ich wurde von Kollegen und den Chefs gemobbt, aber jeder Versuch, mich aus der Gruppe zu drängen, lief ins Leere. Ich kannte mich sehr gut in rechtlichen Dingen aus und hatte Hilfe von Seiten des Betriebsrates. Mittlerweile besaß ich auch einen Schwerbehindertenausweis, der eine Kündigung wegen Krankheit so gut wie unmöglich machte. Der Urlaubsplan für meine Gruppe wurde bereits um die Weihnachtszeit des Vorjahres erstellt. Mitarbeiter mit Kindern durften natürlich ihren Urlaub in die Ferienzeit legen. Das finde ich auch in Ordnung. Nun musste ich aus zwei Gründen auch meinen Urlaub in diese Zeit legen. Mittlerweile hatte ich trotz meiner gesundheitlichen Probleme einen Meisterkurs belegt, bei dem ich zwei Abende in der Woche und jeden zweiten Samstag die Schulbank drücken musste, passend zu meinen Schichtzeiten. Bei diesem Kurs wurden auch die Ferienzeiten eingehalten.

Ich gab den Zettel mit meinem Urlaubstermin bei meinem Meister ab. Der steckte ihn, ohne einen Blick darauf zu werfen, in seine Jackentasche und ging davon.
Kaum eine Stunde später kam er wutentbrannt zurück. In der Hand hielt er meinen Zettel. Er stellte sich demonstrativ vor mich hin und schrie mich an. »Das kannst Du vergessen! Du bekommst zu diesem Termin ganz sicher keinen Urlaub!« Während dieser Worte zerriss er den Zettel mit meinem Urlaubswunsch und warf ihn mir vor die Füße.

Das hatte erst mal gesessen, aber ich war vorbereitet. Als er wieder Luft geholt hatte, sagte ich ganz ruhig zu ihm: »Also, meine Freundin heiratet zu diesem Termin und ich möchte als Bräutigam auf jeden Fall dabei sein. Alles andere interessiert mich nicht. Soll ich Ihnen den Termin noch einmal aufschreiben oder machen sie gerne Puzzles? Heben Sie doch bitte die Papierschnipsel auf, Sie verlangen doch immer, dass der Arbeitsplatz sauber gehalten werden müsse.«

Diese Mimik, die sich langsam von einem verwirrten in einen zornigen Ausdruck änderte, dieses Gesicht werde ich niemals vergessen.

Mit meinem Vorgesetzten geriet ich in meinem weiteren Arbeitsleben noch des Öfteren aneinander. Immer mit dem besseren Ende für mich. Als ich zwei Wochen später in die Urlaubsliste schaute, war mein Wunschtermin eingetragen und niemand verlor mehr ein Wort darüber.

Das nächste Problem stellten meine Eltern dar.

Mein Vater hatte mir angeboten, die Kosten der Hochzeit zu übernehmen. Da wir uns immer noch in der Schuldenfalle befanden, die mir der Kauf des Autos eingebracht hatte, nahm ich dankend an. Mein Halbbruder bekam jeden Wunsch erfüllt, warum sollte mein Vater mir nicht auch einmal helfen.

Ich konnte mir nur nicht einfach erlauben, meine leibliche Mutter mit ihrem Mann einzuladen. Ich musste die einzelnen Personen vorher befragen, ob es denn in Ordnung sei, wenn meine beiden Elternteile an unserer Hochzeit teilnehmen würden.

Das war ein Spaß!

Meine leibliche Mutter hatte nichts dagegen, auf meinen Vater zu treffen. Aber dieser tickte fast aus, als ich ihm die Frage stellte.

»Wenn Du diese Schlampe einlädst, dann werde ich nicht kommen. Und die Hochzeit bezahle ich dann auch nicht!«

Was sollte ich nun tun? Wir brauchten das Geld, ansonsten hätten wir uns die Hochzeit nicht leisten können. Da sich mein Vater nicht erweichen ließ, musste ich meiner Mutter und ihrem Mann absagen. Das hatte zur Folge, dass die beiden stocksauer waren, aber nicht sehr lange! Das habe ich ihnen damals auch hoch angerechnet. Wir luden sie nach den Flitterwochen zum Essen ein und damit waren sie zufrieden.

So ging es also auch!

Das dritte Problem betraf meine Krankheit.

Der Morbus Crohn wütete während all dieser Ereignisse munter weiter. Nix war es mit der Heilung nach der Operation!

Ich muss hier einfach einmal erwähnen, was ich mir in den Jahren zwischen 1980 und 1990 immer wieder von den Ärzten sagen lassen musste.

Alle diese Ärzte, außer meinem neuen Hausarzt, bei dem ich seit 1981 in Behandlung war und bis zu seiner Verrentung auch blieb, all diese Spezialisten versprachen mir, mich zu heilen. Keiner von ihnen konnte sein Wort halten, da Morbus Crohn chronisch und damit nicht heilbar ist. Sie alle überschätzten sich sehr und sie waren überheblich.

Nun zurück zur Hochzeitsplanung.

Ich nahm mir vor, vor diesen beiden Tagen nichts oder so wenig wie möglich zu essen. So würde ich diese Tage auch eventuell ohne verschissene Hosen überstehen. Meine

Bauchschmerzen konnte ich mit Schmerzmitteln unterdrücken und so verheimlichen. Die Eiter speienden Fisteln würde ich abdecken. Ich hatte, was diese Hindernisse betraf, unglaubliche Angst.

Wie schwer das sein würde, zeigte mir ein Vorfall, der mir während der Zwischenprüfung zum Industriemeister passiert ist.

Es war heiß an diesem Tag. Das Thermometer zeigte über 35° Celsius an. Ich trug eine hellblaue, dünne und kühle Leinenhose. Als ich mich mit den anderen Prüflingen im Vorraum der IHK traf, bemerkte ich Nässe an meinen Beinen.

Schnell rannte ich zur Toilette und besah mir den Schaden.

Die Fisteln hatten Unmengen von Flüssigkeit gefördert und mein gesamter Hintern war patschnass. Erst später wurde mir klar, dass sich nun eine Fistel zur Harnröhre gebildet hatte und mir der Urin aus dem Hintern lief.

Was sollte ich nun tun? Ersatzkleidung hatte ich keine dabei, die Prüfung begann in ein paar Minuten. Mir blieb nichts anderes übrig, als die Hosen notdürftig abzutrocknen und mich immer so zu bewegen, dass ich eine Wand im

Rücken hatte. Es gelang mir einigermaßen, aber ich bin mir sicher, dass meine Mitschüler alles gesehen hatten.

Solche Probleme konnten natürlich auch bei der Trauung auftreten. All das musste ich berücksichtigen.

*

Der große Tag, der schönste Tag in unserem Leben rückte näher. Das Brautkleid liehen wir uns von einer Arbeitskollegin Sabrinas. Den Anzug für mich kaufte ich deren Mann ab. Die Freundin meines Zimmernachbarn aus der Kur machte meiner Frau die Haare. Die Feier und der Blumenschmuck waren organisiert.

Dann war es soweit. Freitags wurden wir im Standesamt getraut. Als Trauzeugen fungierten einer meiner Arbeitskollegen, der einzige Freund, der mit meiner Krankheit keine Probleme hatte und Sabrinas Schwager. Es war an diesem Tag kein gutes Wetter. Es regnete und die Höchsttemperatur lag bei 20° Celsius. Nach der Trauung gingen wir mit den Trauzeugen und ihren Partnern essen.

Wir hatten einen sehr lustigen Tag und kamen ziemlich spät nach Hause.

Dann kam der Samstag und mit ihm der Sommer! Die Temperatur lag schon am frühen Morgen bei 25-30° C und stieg nachmittags auf knapp 40°C an.

Meine Frau war in ihrem weißen Kleid wunderschön. Ich hätte mich glatt noch einmal in sie verliebt!

Die kirchliche Trauung war schnell und zweckmäßig. Wir hatten schon befürchtet, dass wir unseren Pfarrer vom Surfbrett zerren mussten, aber er war tatsächlich pünktlich in der Kirche. Während der Zeremonie blickte ich mich kurz um. Die Gesichter der „glücklichen" Brauteltern und meiner Eltern waren zu Stein erstarrt. Hier sah ich den ganzen Hass von beiden Seiten.

Unsere übrigen Gäste fanden die Zeremonie toll. Auch bei der Feier in einem Gasthaus ließen sie sich nicht von der miesen Laune unserer Eltern stören.

Wir hatten nur einen Fehler gemacht – die Trauung fand vormittags statt und nun hatten wir den ganzen, heißen Tag vor uns. Alleine drei Stunden dauerte der Termin beim Fotografen. Natürlich wurde bei diesem schö-nen Wetter im Freien geknipst und ich befürchtete schon, wir würden einen Hitzschlag bekommen.

In diesen drei Stunden habe ich mindestens drei Kilogramm an Gewicht verloren.

Mein Crohn verhielt sich relativ ruhig und so hatte ich unseren schönsten Tag unfallfrei überstanden. Keine nassen Hosen, kein Zusammenbruch, trotz der Hitze.

Wir waren einfach nur glücklich.

Es war einfach ein schöner Tag, dem sich noch viele schöne, aber auch sehr viele schlechte Tage anschließen sollten.

Kurz nach der Hochzeit fuhren wir Richtung Italien und genossen unsere Flitterwochen. Viel zu schnell ging diese Zeit vorbei und bald hatte uns der Alltag wieder.

Kapitel 21

»Erholung tut Leib und Seele wohl.«

Deutsches Sprichwort

Ich ging weiter fleißig arbeiten und zur Schule. Der Crohn verhielt sich zwei Jahre seltsam ruhig. Anfang 1986 planten wir einen Urlaub für den Zeitraum nach der Meisterprüfung. Wir wollten für drei Wochen nach Ungarn an den Plattensee fahren. Damals waren die Wohnungen dort für uns Westdeutsche sehr günstig zu mieten.

Ich beging den Fehler und erzählte meinem Vater von unseren Plänen. Kurz darauf sagte er mir, er hätte mit seinem Bruder in der DDR geschrieben und der würde ihn gerne treffen. Dies ginge nur in Ungarn, denn DDR-Bürger durften nur in den Ostblock reisen. In die DDR zu fahren, um seinen Bruder zu treffen, traute sich mein Vater nicht. Da er als Republikflüchtling galt, hatte er Angst, dass er beim Grenzübertritt verhaftet werden würde.

Ich redete mit meiner Frau darüber und sie sagte widerwillig zu, zusammen zu fahren. Wir könnten uns ja eine eigene Ferienwohnung nehmen und wären auf diese Weise die lästige Verwandtschaft los.

Das war ein fataler Denkfehler. Alles sollte anders kommen.

*

Kurz vor der abschließenden Prüfung zum Industriemeister meldete sich mein Hintern wieder. Ein neuer Abszess hatte sich gebildet und ich musste in die Klinik.

Da ich diesmal nicht sofort einen Termin bekam, wurde es eng mit meiner Prüfung. Drei Tage vor diesem Termin sollte ich dann in der Klinik aufgenommen werden. Fieberhaft dachte ich nach, wie ich das alles managen könnte. Ich dachte mir etwas aus.

Am Tag nach der Operation sagte ich meinem behandelnden Arzt, dass ich mich selbst entlassen würde, um die Prüfung, die am nächsten Tag anstand, nicht zu verpassen. Der Arzt hatte dafür natürlich kein Verständnis, was ich auch nachvollziehen konnte.

Ich ging trotzdem.

Wieder hatte ich einen großen Krater im Hintern, die Schmerzen beim Sitzen waren enorm. Doch ich musste durchhalten.

Die Prüfung dauerte den ganzen Tag. Ich hatte mich natürlich gut vorbereitet und meinen Hintern dick ausgepolstert. So drangen weder Blut noch Wundflüssigkeit durch meine Hose. Zu diesem Zeitpunkt bekam ich ein Opioid mit dem Wirkstoff Tramadol gegen die Schmerzen. Am Morgen der Prüfung habe ich die doppelte Dosis dieses schmerzdämpfenden Medikaments eingenommen. Ich schwebte förmlich durch die Prüfung. In der letzten Stunde bekam ich Blähungen. Durch die Fisteln war es mir unmöglich, die Luft an ihrem Austritt aufzuhalten. Ich versuchte es trotzdem und es gelang mir. Aber irgendetwas stimmte nicht. Mein Darm fühlte sich erleichtert an, aber die Luft war nicht nach außen geströmt. Wo war sie hin? Dauernd machte ich mir Gedanken darüber und konnte mich kaum mehr auf die zu lösenden Aufgaben konzentrieren.

Nachdem die Zeit für die Prüfung abgelaufen war musste ich schnell zur Toilette. Ich hatte großen Druck auf der Blase und konnte es kaum noch halten. Am Pissoir wollte ich mich schnell erleichtern, dann kam der Schock. Nach dem Urin, der sonderbar bräunlich verfärbt war, strömte jede Menge Luft aus meinem Penis. Er flatterte wie das Mundstück eines Luftballons aus dem man die Luft herauslässt.

Ich konnte nicht glauben, was gerade geschah und schob meine Wahrnehmung vorerst auf das Opiat. Vielleicht hatte ich ja schon Halluzinationen.

Als ich zu Hause ankam, ging ich sofort zur Toilette.

Wieder kam Luft aus meinem Penis. Nun hatte ich Gewissheit. Ich spürte genau, wie die Luft über eine Fistel in meine Harnröhre gelangte.
Was war passiert?
Es konnte definitiv Kot und Luft über die Harnröhre in die Blase gelangen. Ich vermutete, dass bei der letzten Operation die Harnröhre verletzt wurde.
Mir fiel der Vorfall bei der Zwischenprüfung mit der nassen Hose ein. Auch dort hatte es eine Verbindung von Harnröhre oder Blase zum Darm gegeben. Diese verschloss sich aber bald wieder. Vorerst schob ich die Vorkommnisse auf den Prüfungsstress. Ich hatte trotzdem Angst, dass das jetzt zur Normalität werden könnte.

Am nächsten Tag ging ich sofort zu meinem Hausarzt und schilderte ihm meine Beschwerden. Er sah mich fragend an und sagte dann: »So etwas brauchen Sie nicht auch noch.«

Danach stellte er mir das benötigte Rezept für meine Sitzbäder aus und wollte mich verabschieden.

»Was kann ich denn gegen die neue Fistel machen?«, fragte ich ihn.

»Da machen wir erst einmal gar nichts«, bekam ich zur Antwort.

»Warum denn? Mir läuft die Kacke vorne raus. Da muss man doch etwas machen!«

»Wir können da nichts machen. So eine Operation wäre zu heikel. Machen Sie doch jetzt zuerst die Sitzbäder, dass dieser Krater an Ihrem Hintern zuwächst. Die Fistel zur Harnröhre wird von alleine wieder zugehen.«

Mit diesen Sätzen entließ er mich aus dem Behandlungszimmer.

Mir fehlten die Worte. Da hatte ich ein Riesenproblem und mein Arzt hatte nicht mehr zu bieten als lapidare Durchhalteparolen? Ich beruhigte mich mit dem Gedanken, dass diese Fistel schon einmal von alleine zugewachsen war.

An diesem Tag verlor ich trotzdem das Vertrauen in meinen Arzt – für immer. Allerdings blieb ich sein Patient, denn von ihm bekam ich alle von mir benötigten Rezepte sofort ausgestellt.

Ich nehme es vorweg. Die Fistel von der Harnröhre zum Darm verschloss sich tatsächlich, aber erst nach etlichen Jahren. Bei vielen Untersuchungen wurde sie nie entdeckt. Der Austausch von Kot und Urin fand trotzdem statt.

*

Zurück zum geplanten Urlaub.

Mein Vater rief mich an und erzählte mir, dass er mit seinem Bruder telefoniert habe. Der hat ihm erklärt, dass ihnen ein verwandtschaftliches Treffen in Ungarn vom Staat erlaubt worden sei. Allerdings müsse er selbst die Unterkunft von der DDR aus buchen. Wir sollten das Ganze bei Ankunft vor Ort in Westmark bezahlen. Diese Regelung wäre nur geringfügig teurer für uns als die Buchung über unseren Reiseveranstalter.

Ich sagte meinem Vater, wenn es nicht anders geht, dann müssen wir das wohl machen. Mein Vater versprach, dass er die Kosten für die Familie seines Bruders bezahlt. Wir müssten nur das Zimmer für uns beide bezahlen. Damit war ich einverstanden.

Ich freute mich sogar darauf, meine richtige Ost-Verwandtschaft einmal kennen zu lernen.

Ein weiterer Fehler von mir, wie sich noch schmerzlich herausstellen sollte.

*

Kurz vor dem Urlaub bekam ich das Ergebnis meiner Meisterprüfung. Ich hatte mit sehr guten Noten bestanden. Wir freuten uns riesig darüber. Bei meinem nächsten Treffen mit meinen Eltern erzählte ich stolz davon.

Die Reaktion darauf war ernüchternd. Ich weiß nicht, was ich mir genau vorgestellt hatte, aber dieser eine Satz riss mich mental doch wieder runter.

»Ach ja? Na das ist ja jetzt nichts Großes, das man unbedingt feiern müsste.«

Diese Worte kamen von meinem Vater. Ausgerechnet von ihm, der sich an dieser Prüfung vor Jahren selbst versucht hatte und kläglich gescheitert war. Was sollte ich dazu sagen?

Im selben Gespräch teilte er mir mit, dass sein Bruder nun den Urlaub gebucht hat. Es wären aber nur 2 Wochen möglich, die Kosten für Sabrina und mich beliefen sich auf 1.000 DM.

Da musste ich erstmal schlucken. Ich hatte mich doch vorher schon erkundigt. Ein Ferienhaus für uns beide, direkt am Plattensee hätte uns für 3 Wochen keine 400 DM gekostet. Nun sollten wir für ein Zimmer für 2 Wochen Aufenthalt weit über das Doppelte bezahlen.

Mein Vater beschwichtigte uns mit der Erklärung, wir hätten dort ein großes Haus für uns alle, insgesamt 8 Personen. Widerwillig stimmte ich zu.

*

Dann kam der Urlaub. Wir fuhren mit zwei Autos die über 1.000 Kilometer lange Strecke in einer Nacht durch. Völlig kaputt kamen wir in unserem Urlaubsort an. Zuerst mussten wir auf das Bürgeramt und uns anmelden. Schon dort gab es dieselbe Herzlichkeit wie in der DDR. Ziemlich schroff wurden wir aufgefordert, unsere Wohnung sofort zu bezahlen, was wir auch taten.

Anschließend fuhren wir zu der angegebenen Adresse. Von außen sah das Haus noch manierlich aus.

Unsere Verwandtschaft war schon da. In freudiger Erwartung stellten wir uns vor und begrüßten meinen Onkel, seine Frau und meinen Cousin. Schon bemerkte ich, dass

Egon und Marianne, so hießen die beiden, meine Frau sehr kühl begrüßten. Wir redeten über das Wetter und die Anfahrt, wie das so üblich ist. Wenn meine Frau etwas sagte, wurde sie ignoriert. Ich fragte mich, was dieses Verhalten ausgelöst hatte.

Nach dem ersten Smalltalk gingen wir ins Haus. Da kam die Ernüchterung.

*

Es stand uns nicht das ganze Haus zur Verfügung, sondern nur der 1. Stock. Die Verwandtschaft hatte die besten und geräumigsten Zimmer schon für sich beschlagnahmt. Es waren noch 2 Schlafzimmer und das Wohnzimmer übrig. Sabrina und mir wurde eines der Schlafzimmer zugewiesen, mein Halbbruder sollte im Wohnzimmer auf der Couch schlafen. Natürlich weigerte er sich. Nach langem hin und her knickten meine Eltern ein und der Prinz durfte in das zweite Schlafzimmer. Meine Eltern mussten auf der Couch schlafen.

Unser Schlafzimmer war ein größerer Schuhkarton. Ein kleines, durchgelegenes und stinkendes Doppelbett passte gerade so hinein. Zwischen Bett und Wand waren jeweils 30 Zentimeter Platz, gerade genug, um unser Gepäck abzustellen. Wenn meine Frau in ihr Bett wollte, musste sie über mein Bett kriechen.

Das fängt ja gut an, dachte ich für mich.

Die Toilette mit Dusche war natürlich auch winzig. Mit meinen vielen Durchfällen war das ein großes Problem. Ständig war besetzt und ich musste mir alles verdrücken, so gut es ging. Dadurch lief immer mehr Kot durch die Fistel in die Harnröhre und durch den Penis nach draußen. Es war brutal. Sitzbäder waren mangels Badewanne auch nicht möglich.

Am ersten Abend gingen wir alle gemeinsam essen. Es wurde viel erzählt und getrunken und die Rechnung für alle 8 Personen zusammen war spottbillig. Na wenigstens etwas, dachte ich. Unser Budget war durch den hohen Zimmerpreis sowieso auf einem niedrigen Level.

Die erste Nacht war grässlich. Dauernd musste ich zur Toilette und mich übergeben. Das unglaubliche fette Essen war für mich unerträglich. In dem viel zu weichen Bett konnte ich nicht schlafen. Dementsprechend gerädert erschien ich zum Frühstück. Dort saß dann meine Ver- wandtschaft und ließ sich durch meine Eltern bedienen.

»Du kannst ruhig auch etwas machen«, sagte meine Stiefmutter zu meiner Frau. Von da ab wurde Sabrina auch von meiner Verwandtschaft als Dienstmädchen angesehen.

*

Die ersten Tage vergingen und mein Vater zog sich immer mehr mit seinem Bruder zurück. Nach diesen Gesprächen bemerkte ich, dass mein Onkel gegenüber meiner Frau immer feindseliger und unhöflicher wurde. Ich wusste ja, dass mein Vater meine Frau nicht leiden konnte, aber ich wusste nicht, was er seinem Bruder über sie erzählt hatte. Es konnte nichts Gutes gewesen sein.

Mir ging es immer schlechter, denn wir durften nur in den Gaststätten essen. Selbst konnten wir uns nichts zubereiten, denn die Küche war im Erdgeschoss und da durften wir nicht hinein. Für das Frühstück hatten wir eine Kaffeemaschine im Wohnzimmer zur Verfügung. Das Essen in den Gaststätten war für meinen Darm unerträglich, aber irgendetwas musste ich ja essen. Die Durchfälle häuften sich und meine Schmerzen durch die Fisteln wurden unerträglich. Ich nahm etliche Dosen Tramadol zu mir, um meine Schmerzen wenigstens etwas zu betäuben.

*

Am Morgen des vierten Tages wollten wir mit einem Boot auf den Plattensee zum Angeln. Wir waren fünf Personen, die sich in ein Ruderboot von vier Metern Länge quetschen sollten. Da ich großes Schmerzen beim Sitzen hatte sagte ich zu den anderen, dass ich nicht mitfahren werde.

»Ah ja, was soll das denn?«, fragte mein Vater. »Spielst Du jetzt wieder krank? Wir wollten uns doch einen schönen Tag machen.«

Alleine die Bemerkung, dass ich krank spielen würde, sorgte bei den anderen für Gelächter.

»Na dann macht Euch doch einen schönen Tag, ohne mich seid Ihr sowieso besser dran«, erwiderte ich.

»Was soll denn dieses scheiß Gerede?«, fragte mein Vater.

»Dann bleib halt hier, wenn Du nicht mit uns raus fahren willst.«

Er schnappte sein Angelzeug und ging voraus. Die anderen liefen wortlos hinter ihm her.

*

Ich ging zurück zum Haus und erzählte meiner Frau, was vorgefallen war.

»Lange mache ich das nicht mehr mit. Wollen wir nicht abreisen?«, fragte sie mich.

»Wenn wir das machen, gibt es großen Ärger.«

»Wenn wir es nicht machen, dann gehst Du kaputt. Was haben wir dann davon?«

Ich musste ihr zustimmen. In diesen vier Tagen hatte ich sicher schon fünf Kilogramm abgenommen und meine Laune war, wie ihre, im Keller. Ich hätte es ja ahnen können, dass dieser gemeinsame Urlaub nicht gutgehen kann. Wir beschlossen, noch einen Tag abzuwarten und dann zu entscheiden, was wir machen würden.

*

Den nächsten Tag verbrachten wir alle am Badestrand des Plattensees. Es war schönes Wetter und ich hatte für uns beide ein Plätzchen etwas abseits der Verwandtschaft ausgesucht.

»Was soll denn das?«, kam sofort die Frage von meinem Vater.

»Wir möchten etwas alleine für uns sein. Wir hängen ja sonst den ganzen Tag zusammen.«

Eine Antwort, mit der er natürlich nicht einverstanden war. Frostige Stimmung war uns sicher.

An diesem Tag beschlossen wir, am nächsten Morgen die Heimreise anzutreten.

Nach dem Frühstück sagte ich meinen Eltern, dass es mir dermaßen schlecht gehe, dass ich nach Hause fahren werde. Ich hatte ja mit einer nicht gerade freundlichen Reaktion gerechnet, aber was sich dann ereignete, sprengte meine Vorstellungskraft.

»Was soll denn das?«, schrie mein Vater mich förmlich an.

»Warum tust Du uns das an? Dein angeblich so schlechter Zustand ist doch reine Schau und ihr habt das alles so geplant.«

»Was meinst Du denn damit, dass wir das geplant hätten?«, fragte ich.

»Die (wobei er auf Sabrina zeigte) und Deine Mutter, die haben das doch genau so geplant. Ihr wollt uns nur bei meinem Bruder schlecht machen.«

Ich war perplex.

Mittlerweile waren unsere Verwandten hinzugekommen und fragten, was los sei.

»Die wollen hier eine riesige Schau abziehen und uns provozieren. Das wurde doch alles von Anna geplant.«

Mein Onkel nickte wissend dazu. In mir stieg die Wut auf.

Das Gespräch verlagerte sich auf den Balkon des Hauses, weil ich dorthin ging, um mich zu beruhigen. Alle kamen mir nach, auf einen baufälligen, wackligen Balkon mit morschem Geländer. Zuerst befürchtete ich, dass der Balkon abbrechen könnte, aber nach einer weiteren Hass-tirade meines Vaters war es mir egal.

»Gib es doch endlich zu, dass das alles von Anna geplant ist. Ich weiß doch, dass ihr Kontakt habt. Sie hat Euch doch extra mit uns in den Urlaub geschickt, damit Ihr es hier zur Eskalation bringen könnt. Und noch etwas: Deine angebliche Krankheit habe ich Dir auch nie abgekauft. Das ist doch alles Schau. Deine häufigen Krankmeldungen sind doch ein Witz und dienen nur Deiner Faulheit.«

Die Wut in mir stieg wieder an. Glaubte er wirklich, was er uns da vorwarf?

Im Hintergrund hörte ich meine Stiefmutter zu meiner Tante sagen: »Das ist wirklich so. Dem traue ich alles zu.«

Ich fragte meinen Vater, ob er denn nicht mal über seine Vorwürfe nachdenken wolle. Wie sollten ich oder meine Mutter so etwas planen? Zum einen hatten wir alleine fahren wollen und sie hatten sich uns aufgedrängt. Zum anderen fragte ich ihn, ob er denn nicht bemerkte, dass ich vor Schmerzen kaum stehen oder sitzen konnte.

Er blieb nicht nur bei diesen Vorwürfen, sondern er legte noch nach.

»Dann macht doch, dass Ihr wegkommt. Ich bin so enttäuscht von Dir. Allerdings hatte ich ja schon geahnt, dass Du so etwas abziehen würdest.«

Mit diesen Worten kam er bedrohlich auf mich zu. Im ersten Moment dachte ich, das war´s, jetzt wirft er mich vom Balkon.

Ich drängte mich schnell an ihm vorbei und ging in die Wohnung zurück. Da ich wusste, dass ich hier mit Diskutieren oder Beschwichtigen nicht mehr weiterkam, wollte ich nur noch verschwinden. Mein Onkel blickte mich die ganze Zeit über böse an, mein Halbbruder und mein Cousin hielten sich im Hintergrund zurück. Einzig meine Tante kam noch einmal zu uns, spendete tröstende Worte und wünschte eine gute Heimfahrt.

Dann verließen sie alle das Haus und gingen zum Badestrand.

*

Wir packten unseren Koffer, stellten unsere kleineren Sachen zusammen und wollten alles ins Auto laden, aber da überraschte uns das nächste Problem.

Sie hatten uns eingeschlossen.

Wir kamen auf normalem Weg nicht mehr aus dem Haus.

Zuerst musste ich laut lachen, so unglaublich war mir die neue Situation.

Wir waren 24 und 26 Jahre alt, wir waren erwachsen – und wurden von meinen Eltern eingesperrt? Nach meinem Lachanfall kochte wieder alles in mir.

»So nicht«, rief ich aus.

Der Hausbesitzer war seit Tagen nicht da und ich suchte nach einem Ausweg.

»Was sollen wir denn jetzt tun?«, fragte Sabrina.

Ich lief im Erdgeschoss umher und probierte alle Türen aus. Verschlossen.

Als letzte probierte ich die Küchentür und hatte Glück. Diese Tür war als einzige nicht abgeschlossen.

Zusammen trugen wir unser Gepäck in die Küche, ich öffnete das Fenster und stieg hinaus. Meine Frau reichte mir das Gepäck, dann half ich ihr durchs Fenster. Danach zog ich das Fenster soweit es ging zu. Nun mussten wir noch den Gartenzaun überwinden, dann war es vollbracht.

Unsere Flucht aus Ungarn war geschafft.

*

Ich fuhr den ganzen Tag über und nach 10 Stunden Fahrt waren wir endlich wieder zuhause. Während der Fahrt haben wir die erlebten Situationen immer wieder diskutiert.

Von Anfang an musste mein Vater mit seinem Bruder über uns geredet haben. Es war anscheinend nichts Gutes. Dieser Zorn hatte sich wohl dermaßen bei ihm angestaut, dass es zu dieser Eskalation kam. Ich bin mir heute noch sicher, auch wenn wir nicht abgereist wären, hätte er einen Weg gefunden, diese Situation zu provozieren.

Nun hatten wir es ja hinter uns und wollten diesen misslungenen Urlaub nur noch vergessen – wollten wir.

*

Am Tag nach unserer Rückkehr trafen wir die damalige Freundin von Hannes. Sie war natürlich sehr erstaunt uns zu sehen, wusste sie doch, dass wir zwei Wochen bleiben wollten. Wir erzählten ihr, was sich ereignet hatte und sie konnte es kaum fassen.

Wir wussten noch nicht, dass diese Begegnung noch sehr wichtig werden würde.

Ein paar Wochen später traf ich meinen Halbbruder und erzählte ihm von unserem Auszug durch das Küchenfenster. »Das kann so nicht stimmen«, erwiderte er. »Ihr habt doch abgeschlossen und den Schlüssel mitgenommen. Ein paar Tage später seid Ihr wieder in die Wohnung, als wir nicht da waren, und habt alles durchwühlt. Was habt Ihr denn gesucht? Die wollten eigentlich Anzeige gegen Euch er-statten. Da aber nichts gefehlt hat haben sie sich doch anders entschieden.«

Ich war fassungslos und konnte nicht glauben, was uns da vorgeworfen wurde.

»Dann habt Ihr auch noch den Schlüssel auf den Tisch gelegt. Wir hatten ihn die ganzen Tage gesucht.«

Darauf gab es für mich nur eine Antwort.

»Hat Dir Deine Freundin denn nicht erzählt, dass wir uns einen Tag nach unserer Abreise getroffen haben?«

»Doch.«

»Dann denkst Du jetzt wirklich, wir wären die ganze Strecke nochmal zurück gefahren, hätten das Haus durchwühlt, den Schlüssel hingelegt und wieder nach Hause gefahren? Für wie blöde hältst Du uns denn?«

»Ich halte Euch ja nicht für blöde, aber unser Onkel hat uns gesagt, es gebe nur diese eine Erklärung.«

Nun wusste ich, woher diese hanebüchene Story kam. Natürlich haben das meine Eltern gerne als Tatsachen angesehen.

Mein Vater hat mich nach dieser ganzen Sache zwei Jahre lang nicht mehr angeschaut, obwohl wir uns fast täglich bei der Arbeit über den Weg liefen.

Nach diesem ereignisreichen Jahr hofften wir auf bessere Folgejahre. Doch auch diese brachten einige schlimme Sachen zutage.

Kapitel 22

»Gäste werden auf dem Klo nicht alt.
Hält man es dunkel und auch kalt.«

Unbekannt

Nachdem wir uns so gründlich mit meinen Eltern verkracht hatten folgte eine ruhige Zeit. Wir mussten sie nicht mehr dauernd besuchen, nicht mehr ihre Dienstboten spielen und vor allem konnten wir zum ersten Mal Weihnachten alleine verbringen. Alles nahm seinen geregelten Gang.

Der Crohn blieb auf einem schlimmen Level, aber ich war es ja schon gewohnt, mich mit Schmerzmitteln zu betäuben.

Im nächsten Sommer fuhren wir mit meiner Mutter und ihrem Mann nach Jugoslawien. Es war ein entspannter Urlaub ohne irgendwelche schlimmen Vorfälle. Meine Krankheit gab Ruhe, wohl auch, weil ich in dieser Zeit vollkommen stressfrei war.

Das nächste Jahr verlief für uns fast ereignislos. Das einzig nennenswerte war, dass sich nach 2 Jahren Funkstille das Verhältnis zu meinem Vater wieder besserte.

*

Anfang 1988 verschlechterte sich mein Zustand wieder und ich war fast ständig krankgeschrieben. Ein Abszess hatte sich wieder gebildet. Mein Arzt empfahl mir, in das Krankenhaus zu gehen, in dem ich meine ersten schlimmen Erfahrungen gemacht hatte. Die Ärzte dort würden jetzt die Spaltungen auch unter Narkose durchführen. Ich entschied mich dafür, es dort noch einmal zu probieren. Das Krankenhaus lag viel näher, so müsste Sabrina nicht immer so weit zu mir fahren.

In der Klinik angekommen, wurde ich sehr schnell in das Untersuchungszimmer gerufen. Ein junger Arzt sah sich den Abszess an und sagte mir, das sei problemlos operabel. Ich müsste zur Chirurgischen Aufnahme, mich anmelden und dann wieder zu ihm kommen. Das tat ich. Mir wurde auch gleich das Zimmer zugeteilt, in dem ich mich am nächsten

Morgen einfinden sollte. Mit gutem Gefühl ging ich zurück zu dem jungen Arzt. Dann kam der Schock.

Ein älterer Arzt war hinzugekommen, ich erkannte ihn auf den ersten Blick. Es war der Arzt, der mir 1974 mein Todesurteil gegeben hatte. Ich ließ mir nichts anmerken. Er schaute sich meinen Hintern an und sagte, dass er den Abszess am nächsten Tag spalten werde. Dazu sei keine Narkose nötig.

Als ich realisiert hatte, was der Arzt machen wollte, stieg ich auf, zog mich an und ging. Ich meldete mich auch nicht mehr in der Klinik. Den Abszess schnitt ich mir selbst auf, als er „reif" war.

*

Mitte des Jahres wurde ich vom ärztlichen Dienst der Krankenkasse nochmals in eine Reha geschickt. Diese fand in Bad Mergentheim statt und brachte wieder keine Besserung, außer, dass ich nun auf Schmerzpflaster mit dem Wirkstoff Fentanyl umgestellt wurde. Dieses Opioid hatte eine stärkere und ständig schmerzdämpfende Wirkung. Das half mir zwar in den normalen Zeiten, aber nach Stuhlgängen musste ich trotzdem Tabletten nehmen, um den unerträglichen Schmerz zu lindern.

Ein einprägendes Erlebnis in dieser Kur werde ich niemals vergessen.

Unter der Woche war es sehr langweilig, da Sabrina arbeiten musste und nur am Wochenende zu Besuch kommen konnte. Eines Tages stieg ich in mein Auto und fuhr nach Würzburg. Ich schlenderte durch die Fußgängerzone und sah mir alles an. Plötzlich regte sich mein Darm. Eine öffentliche Toilette war nicht in der Nähe. Zum Glück fand ich eine italienische Gaststätte, die noch geöffnet hatte. Die Pizzeria lag im Keller eines Gebäudes. Ich stieg die Stufen hinab, ging in die Gaststätte und fragte den Wirt, ob ich die Toilette benutzen dürfe. Der sagte, ich solle ruhig gehen. Das tat ich dann.

Nach ein paar Minuten ging das Licht aus und ich saß im Dunkeln. Alles war ruhig. Zum Glück hatte ich ein Feuerzeug dabei und konnte mir den Weg aus der Toilette heraus in den Gastraum suchen. Alles war dunkel, niemand war mehr da. Der Wirt hatte mich total vergessen. Was sollte ich tun? Ich ging hinter die Theke, nahm das Telefon und rief die Polizei. Es war schwierig, dem Beamten meine Lage klar zu machen. Er versprach mir, dass er den Besitzer ausfindig machen werde.

Ich wartete. Mittlerweile hatte ich den Sicherungskasten gefunden und mir Licht gemacht. Ich schenkte mir etwas zu trinken ein und sah mich um. Die Kasse stand offen, einige große Geldscheine waren zu sehen.

Ich wartete…

Nach einer Stunde hörte ich, wie jemand die Eingangstür aufschloss. Ich ging die Treppe nach oben, wo eine junge Frau mit einem kleinen Kind gerade herein kam. Sie erschrak heftig und ich versuchte sofort, sie zu beruhigen. Nur Sekunden später tauchte ein Polizist auf und fragte mich, ob ich angerufen hätte. Ich erzählte ihm den ganzen Vorfall und durfte ohne Angabe von Namen oder Adresse einfach gehen. Mit klopfendem Herzen verließ ich die Stadt.

*

Im Jahr darauf leitete sich eine Wende in der deutschen Ostpolitik ein. Die Menschen in den Ländern jenseits der Mauer probten den Aufstand gegen ihre Diktatoren. Nur umsichtigen Politikern ist es zu verdanken, dass die Situation nicht eskalierte und ein dritter Weltkrieg ausbrach, der gewiss die Erde zerstört hätte.

Am 9. November 1989 lag ich zuhause auf der Couch und sah fern. Plötzlich kam eine Meldung, die mich erstarren ließ. DDR-Bürgern stand es plötzlich frei, auszureisen.

Wo am Tag vorher noch auf Flüchtende geschossen wurde, gingen nun die Menschen lachen und weinend über die Grenze. Viele setzten sich auf die Mauer, den Antifaschistischen Schutzwall, der 38 Jahre die Menschen in Ost und West trennte, und bearbeiteten sie mit Hämmern und Meißeln.

War das eine Freude.

Eine Freude, die ich mit gemischten Gefühlen sah.

Natürlich dauerte es nicht lange, bis meine Mutter anrief.

»Hast Du es gesehen? Die Mauer ist weg«, rief sie in den Hörer. »Jetzt können Lotte und Walter auch zu uns kommen. Ist das nicht toll?«

Ich freute mich natürlich auch für die Menschen.

Kapitel 23

»Der Ruhestand ist eine sorglose Arbeitslosigkeit.«

Unbekannt

Bei meinem Arbeitgeber hatte ich mich schon länger um eine Meisterstelle beworben, aber bisher immer nur Absagen erhalten. Das wunderte mich bei meinen Fehlzeiten nicht wirklich. Mittlerweile war ich stellvertretender Betriebsrat und hatte so eine weitere Absicherung meines Arbeitsplatzes erreicht.

Selten konnte ich arbeiten, die meiste Zeit des Jahres war ich krankgeschrieben.

Im Dezember 1989 erreichte mich die Nachricht, dass eine meiner Bewerbungen positiv beschieden wurde. Ich freute mich riesig, dass ich trotz meiner hohen Fehlzeiten für eine Meisterstelle eingeplant war.

Der Jahreswechsel kam und damit die erste Arbeitswoche des Jahres 1990.

In dieser Woche sollte sich mein Leben wieder einmal grundlegend ändern.

*

Schon am ersten Arbeitstag des Jahres ging es mir wieder schlechter. Dauernd rannte ich zur Toilette, meine Arbeit in der Werkstatt verrichtete ich nebenbei. So ging das bis freitags.

An diesem Morgen grummelte es schon fürchterlich in meinem Bauch. Ich nahm bewusst keine Nahrung zu mir, da ich wusste, das alles würde mit hoher Geschwindigkeit meinen Darmtrakt passieren. Gegen Mittag wurde mir übel. Ich rannte zur Toilette und schaffte es gerade so, mich nicht auf den Boden zu übergeben. Nur Flüssigkeit und bittere Galle kamen heraus. Das Würgen wollte nicht enden. Dann geschah es. Während ich würgend über der Keramik hing, kam der Durchfall. Alles ging in die Hose und lief mir an den Beinen entlang in die Schuhe. Es war ein einziges Desaster. Ich hing kniend über der Schüssel und schrie erbärmlich. Wut, Scham und Verzweiflung hielten mich in ihren eisernen Klauen.

Was sollte ich tun?

Während ich darüber nachdachte, kam der nächste Schwung. Mittlerweile lief die Kacke aus meinen Schuhen auf den Boden der Toilette. Es war eine unlösbare Situation.

Als sich mein Magen und mein Darm beruhigt hatten, dachte ich fieberhaft nach.

Ich sah mich um. Langsam begann ich, mit Toilettenpapier den Boden notdürftig zu putzen. Als ich das erledigt hatte kam meine Kleidung dran. Dann war ich soweit, dass ich es wagen konnte, die Toilette zu verlassen.

Zum Glück musste ich nicht durch die Werkshalle, um zu den Umkleideräumen und Duschen zu kommen. Ich schlich mich wie ein geprügelter Hund dorthin, stellte mich in voller Bekleidung unter die Dusche und zog mich unter fließendem Wasser aus.

Um auf solch einen „Unfall" vorbereitet zu sein, hatte ich immer Ersatzkleidung im Spind. Nach dem Duschen trocknete ich mich ab, schlüpfte in die frische Kleidung und verstaute die verdreckte Kleidung in einer Tüte.

Dann atmete ich tief durch und wollte zurück in die Werkstatt gehen.

*

Ich lief keine 10 Meter weit, schon passierte es. Das ganze Dilemma wiederholte sich. Keine Chance, irgendetwas dagegen zu unternehmen. Wieder waren Hosen und Schuhe voller Kot und ich war kurz vor dem nervlichen Zusammenbruch.

»Das war´s«, sagte ich vor mich hin.

Ich ging vorsichtig zurück zum Spind, holte meinen Autoschlüssel und schlich zum Haustelefon. Dort rief ich meinen Meister an.

»Ich gehe nach Hause.«

Mehr sagte ich nicht zu ihm, dann legte ich auf.

An meinem Auto angekommen öffnete ich den Kofferraum, holte eine Plane heraus, die ich für solch einen Fall immer dabei hatte, legte sie auf den Sitz und fuhr los.

*

Nach diesem Desaster ließ ich mich wieder krankschreiben. Ich machte einen Termin mit der Rentenberatung, den ich ziemlich schnell bekam.

In dem Gespräch mit dem Rentenberater erfuhr ich, was ich an Rente bekommen würde, sollte ich Erwerbsunfähigkeitsrentner werden.

Der Betrag war natürlich viel geringer, als mein damaliger Lohn.

Sabrina und ich besprachen abends unsere Möglichkeiten mit den geringeren finanziellen Mitteln und kamen zu dem Schluss, dass es irgendwie reichen müsse.

Ehrlich gesagt hatte ich gar keine andere Wahl mehr.

Am nächsten Tag füllte ich den Rentenantrag aus, legte alle ärztlichen Unterlagen bei und schickte ihn ab.

Banges Warten begann.

*

Zwei Monate später bekam ich einen Termin. Ich sollte mich in einem nahegelegenen Krankenhaus für drei Tage stationär aufnehmen lassen. Ein Gutachter werde mich gründlich untersuchen und dann über eine Bewilligung der Rente entscheiden.

Ich fand mich pünktlich dort ein und wurde die drei Tage von morgens bis abends gründlich durchgecheckt. Im Abschlussgespräch mit dem Gutachter bekam ich ein gutes Gefühl, was meinen Antrag betraf.

Während der Entscheidungsphase bekam ich Post vom medizinischen Dienst der Krankenkassen. Auch dort sollte ich mich zu einer Untersuchung einfinden, damit meine Arbeitsfähigkeit festgestellt werden konnte. Das warf bei mir natürlich einige Fragen auf. Wieso wollte mich der MDK plötzlich gesundschreiben? Ich erkundigte mich nach ähnlichen Fällen und fand heraus, dass die Krankenkasse kein Krankengeld mehr zahlen wollte, obwohl ich die Empfangszeit für eine Aussteuerung noch nicht überschritten hatte. Das sei ein übliches Vorgehen meiner Kasse, um die Versicherten unter Druck zu setzen.

Ich rief umgehend beim MDK an und teilte ihnen mit, dass ich bereits Rentenantrag gestellt habe. Dadurch hatte sich der Termin dort ganz plötzlich erledigt.

*

Im Juni des Jahres bekam ich meinen Bescheid von der Rentenversicherung.

Ich war ab sofort Rentner, vorerst für 2 Jahre.

Mit gemischten Gefühlen las ich den Bescheid etliche Male durch.

Das war es also?

Mit gerade mal 30 Jahren war ich nun Rentner. Nie mehr sollte ich also arbeiten gehen. Zum einen freute ich mich, dass ich nicht mehr zur Schicht musste, zum anderen hatte ich irgendwie doch Angst vor der Zukunft.

Ein paar Tage später ging ich zu meiner, jetzt ehemaligen Arbeitsstätte. In der Personalabteilung musste ich meinen Bescheid vorlegen, um die Zahlung meiner Betriebsrente einzuleiten. Als dies alles erledigt war ging ich in die Werkstatt. Ich verabschiedete mich von meinen Arbeitskollegen, die doch sehr erstaunt waren, dass ich nun Rentner war. Die meisten konnten es nicht glauben und dachten, ich mache einen Scherz. Zum Schluss traf ich meinen Meister und informierte auch ihn.

»Ah so, haben Sie es jetzt endlich geschafft, sich vor der Arbeit zu drücken?«, fragte er ganz unverblümt.

Ich antwortete knapp.

»Wissen Sie was? Faulheit lohnt sich eben doch. Und noch etwas: Ich kann Sie auch gut leiden. Tschüss.«

Danach ließ ich ihn stehen, holte meine übrigen Sachen aus dem Spind und verließ das Gelände.

*

Ein paar Tage danach traf ich meinen Vater beim Angeln. Ich konfrontierte ihn sofort mit den Neuigkeiten.

»Ich wollte Dir nur sagen, ich bin jetzt Rentner.«

Dieses verblüffte Gesicht sehe ich heute noch vor mir. Er rang sichtlich nach Fassung. Und dann kam dieser eine Satz, der sein Denken der ganzen Jahre auf den Punkt brachte.

»Echt? Ja bist Du denn wirklich krank?«

Nachwort

Dies war also mein Leben bis zum Eintritt in die Rente.

Ich hoffe, ich konnte Sie ein wenig über die Krankheit Morbus Crohn und deren Folgen aufklären und auch nachdenklich machen.

Täglich können einem Menschen begegnen, denen man ihre schwere Krankheit nicht ansieht. Diese haben es mit ihren Mitmenschen oft schwerer als Kranke, die sichtlich behindert sind. Man sieht nicht den Schmerz, das Elend und die Verzweiflung hinter der Fassade. Man sieht aber auch nicht die immense Kraft, die jeder dieser Kranken aufbringen muss, um zu überleben.

Viele werfen diesen Kranken haltlose Dinge, wie Faulheit und Schauspielerei vor. Ich fände es besser, auf diese kranken Menschen zuzugehen, mit ihnen zu reden, um sie und ihr Verhalten zu verstehen.

Passen Sie auf sich auf.

Jochens Leben ging natürlich weiter.

Seine Krankheit verlangte ihm in den folgenden Jahren alles ab. Seine Frau wurde ebenfalls krank und musste in Rente gehen.

Jochen durchlebte und überlebte weitere Krisen, weitere Operationen, lebensgefährliche Situationen und weitere Demütigungen von Seiten seiner Eltern.

Selbst heute noch kämpft er jeden Tag ums Überleben.

Das alles werde ich zu gegebener Zeit auch wieder zu Papier bringen – in einem 2. Teil von

Jochen - Bastardkind

Frank Huhnhäuser

Hinweis

»Jochen - Bastardkind« ist eine fiktive Geschichte.

Ähnlichkeiten mit tatsächlich existierenden Institutionen, Geschehnissen, sowie lebenden oder verstorbenen Personen sind rein zufällig und nicht beabsichtigt.

Ähnliche Erlebnisse sind natürlich nicht ausgeschlossen, da CED-Erkrankte oft einen vergleichbaren Krankheitsverlauf haben.

Alle verwendeten Zitate sind gemeinfrei bzw. es liegt eine Genehmigung vor.

Mein Dank gilt:

Caroline Régnard-Mayer und Ute Blumenthal, die mir als Testleserinnen und Lektorinnen wertvolle Hilfe geleistet haben. Ihr habt eine tolle Arbeit gemacht.

Meinem Coverfotografen Erich Röthlisberger, der mir nun schon zum zweiten Mal ein tolles Bild für das Cover zur Verfügung gestellt hat.

Markus Gerber, der sich als Model für das Coverfoto zur Verfügung gestellt hat. Du hast meine Vorstellungen übertroffen.

Meiner Frau Sylvia, die mich in allem unterstützt und mir immer beratend zur Seite steht. Ohne ihre Motivation hätte ich meine Bücher nie geschrieben.

Mein Schatz, ich liebe Dich.

Der Autor

Frank Huhnhäuser wurde 1960 in Berlin geboren und lebt mit seiner Frau in der Südpfalz. Vor etwa drei Jahren begann er mit dem Schreiben. Seinen schriftstellerischen Schwerpunkt stellen Kurzgeschichten und Kriminalromane dar.

Seine Kurzgeschichte »Fundamente« zählte zu den Gewinnern des Schreibwettbewerbs »Irgendwas bleibt« der Saarländischen Buchmesse »HomBuch« und wurde in deren Anthologie zur Messe 2015 veröffentlicht.

Die Krimi-Kurzgeschichte »Blutmond« wurde in der Anthologie »Jedes Wort ein Atemzug« im Karina-Verlag veröffentlicht.

Die Kurzgeschichte »Sühne« erschien im Mai 2015 im ELVEA-Magazin.

Für das Projekt »Die Trilogie der Flügel« des Karina-Verlags, bei dem 60 Autoren gemeinsam einen Thriller schrieben, lieferte Frank Huhnhäuser Kapitel für den ersten Band »Vergessene Flügel« und den dritten Band »Vollendete Flügel«.

Mit »Moralische Motive« erschien im Juli 2015 sein erster Thriller im Karina-Verlag.

Im Jahr 2016 erreichte der Autor bei der Wahl zum »Hombuch-Preis« in der Kategorie »Krimi« den zweiten Platz.

Mehr zu Frank Huhnhäuser finden Sie unter:

HP: www.frankhuhnhaeuser.jimdo.com

E-Mail: Bastardkind@gmx.de

Facebook: http://facebook.com/autor.frank

Nützliche Gruppen und Seiten für CED-Erkrankte

In der Facebook-Gruppe

„Träger der goldenen Arschkarte"

gibt es Hilfe, Zuspruch und Tipps rund um Morbus Crohn und Colitis Ulcerosa für Betroffene und Angehörige.

http://www.facebook.com/groups/Arschkarten

Auf der Seite von Nicole Engel, die sich auf vielfältige Weise für Betroffene und Stomaträger einsetzt, finden Sie zahlreiche Informationen rund um CED.

http://darmlifestyle.de/

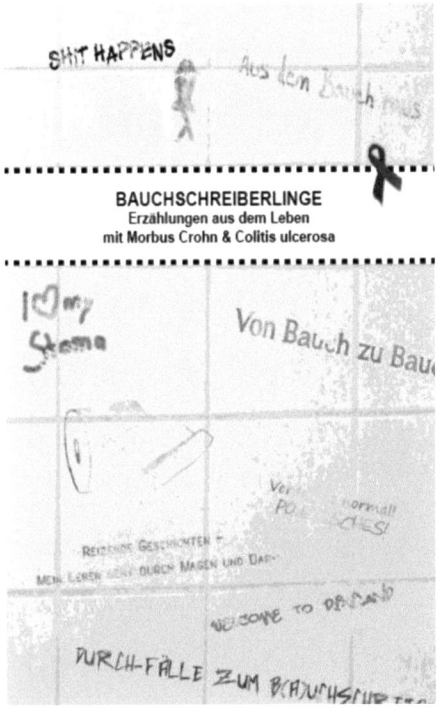

BAUCHSCHREIBERLINGE

Ein tolles Buch, in dem viele Betroffene über ihre
Erlebnisse mit der Krankheit berichten.

ISBN-10: 3732251217

ISBN-13: 978-3732251216